Voc : idiosyncrasie (p37)

# Le hasard et la nécessité

*Jacques Monod*

# Le hasard et la nécessité

## Essai sur la philosophie naturelle de la biologie moderne

*Éditions du Seuil*

*En couverture :*
Vasarely, *A-Bleu*, relief
75 × 75 cm, 1964.

ISBN 2-02-000618-9

*Tout ce qui existe dans l'univers est le fruit du hasard et de la nécessité.*

Démocrite.

*A cet instant subtil où l'homme se retourne sur sa vie, Sisyphe, revenant vers son rocher, contemple cette suite d'actions sans lien qui devient son destin, créé par lui, uni sous le regard de sa mémoire et bientôt scellé par sa mort. Ainsi, persuadé de l'origine tout humaine de tout ce qui est humain, aveugle qui désire voir et qui sait que la nuit n'a pas de fin, il est toujours en marche. Le rocher roule encore. Je laisse Sisyphe au bas de la montagne! On retrouve toujours son fardeau. Mais Sisyphe enseigne la fidélité supérieure qui nie les dieux et soulève les rochers. Lui aussi juge que tout est bien. Cet univers désormais sans maître ne lui paraît ni stérile ni futile. Chacun des grains de cette pierre, chaque éclat minéral de cette montagne pleine de nuit, à lui seul forme un monde. La lutte elle-même vers les sommets suffit à remplir un cœur d'homme. Il faut imaginer Sisyphe heureux.*

Albert Camus. *Le mythe de Sisyphe.*

# Préface

La biologie occupe, parmi les sciences, une place à la fois marginale et centrale. Marginale en ce que le monde vivant ne constitue qu'une part infime et très « spéciale » de l'univers connu, de sorte que l'étude des êtres vivants ne semble pas devoir jamais révéler des lois générales, applicables hors de la biosphère. Mais si l'ambition ultime de la science entière est bien, comme je le crois, d'élucider la relation de l'homme à l'univers, alors il faut reconnaître à la biologie une place centrale puisqu'elle est, de toutes les disciplines, celle qui tente d'aller le plus directement au cœur des problèmes qu'il faut avoir résolus avant de pouvoir seulement poser celui de la « nature humaine » en termes autres que métaphysiques.

Aussi la biologie est-elle, pour l'homme, la plus signifiante de toutes les sciences ; celle qui a déjà contribué, plus que toute autre sans doute, à la formation de la pensée moderne, profondément bouleversée et définitivement marquée dans tous les domaines : philosophique, religieux et politique, par l'avènement de la théorie de l'Evolution. Cependant, si assuré qu'on fût dès la fin du XIXe siècle de sa validité phénoménologique, la théorie de l'Evolution, tout en dominant la biologie entière, demeurait comme suspendue tant que n'était pas élaborée une théorie *physique* de l'hérédité. L'espoir d'y parvenir bientôt paraissait presque chimérique il y a trente ans, malgré les succès de la génétique classique. C'est pourtant ce qu'apporte aujourd'hui la théorie moléculaire du code génétique. J'entends ici « théorie du code génétique » dans le sens large, pour y inclure non seulement les notions relatives à la structure chimique du matériel héréditaire et de l'information qu'il porte, mais aussi les mécanismes moléculaires d'expression, morphogénétique et physiologique, de cette information. Ainsi définie, la théorie du code génétique constitue la base fondamentale de la biologie. Ce qui ne signifie pas, bien entendu, que les structures et fonctions complexes des organismes puissent être *déduites* de la théorie, ni même qu'elles soient toujours analysables directement à l'échelle moléculaire. (On ne peut ni prédire ni résoudre toute la chimie à l'aide de la théorie quantique qui en constitue cependant, nul n'en doute, la base universelle.)

Mais si la théorie moléculaire du code ne peut aujourd'hui (et sans doute ne pourra jamais) prédire et résoudre toute la biosphère, elle constitue dès maintenant une théorie générale des systèmes vivants. Il n'y avait rien de semblable dans la connaissance scientifique antérieure à l'avènement de la biologie moléculaire. Le « secret de la vie » pouvait alors paraître inaccessible dans son principe même. Il est aujourd'hui en grande partie dévoilé. Cet événement considérable devrait, semble-t-il, peser d'un grand poids dans la pensée contemporaine dès lors que la signification générale et la portée de la théorie seraient comprises et appréciées au-delà du cercle des purs spécialistes. J'espère que le présent essai pourra y contribuer. Plutôt que les notions elles-mêmes de la biologie moderne, c'est en effet leur « forme » que j'ai tenté de dégager, ainsi que d'expliciter leurs relations logiques avec d'autres domaines de la pensée.

Il est imprudent aujourd'hui, de la part d'un homme de science, d'employer le mot de « philosophie », fût-elle « naturelle », dans le titre (ou même le sous-titre) d'un ouvrage. C'est l'assurance de le voir accueilli avec méfiance par les hommes de science et, au mieux, avec condescendance par les philosophes. Je n'ai qu'une excuse, mais je la crois légitime : le devoir qui s'impose, aujourd'hui plus que jamais, aux hommes de science de penser leur discipline dans l'ensemble de la culture moderne pour enrichir non seulement de connaissances techniquement importantes, mais aussi des idées venues de leur science qu'ils peuvent croire humainement signifiantes. L'ingénuité même d'un regard neuf (celui de la science l'est toujours) peut parfois éclairer d'un jour nouveau d'anciens problèmes.

Il reste à éviter bien entendu toute confusion entre les idées *suggérées* par la science et la science elle-même ; mais aussi faut-il sans hésiter pousser à leur limite les conclusions que la science autorise afin d'en révéler la pleine signification. Exercice difficile. Je ne prétends pas m'en être tiré sans erreurs. Disons que la partie strictement biologique du présent essai n'est nullement originale. Je n'ai fait que résumer des notions considérées comme établies dans la science contemporaine. L'importance relative attribuée à différents développements, comme le choix des exemples proposés, reflètent il est vrai des tendances personnelles. Des chapitres importants de la biologie ne sont même pas mentionnés. Encore une fois cet essai ne prétend nullement exposer la biologie entière mais tente franchement d'extraire la quintessence de la théorie moléculaire du code. Je suis responsable bien entendu des généralisations idéologiques que j'ai cru pouvoir en déduire. Mais je ne crois pas me tromper en disant que ces interprétations, tant qu'elles ne sortent pas du domaine de l'épistémologie, rencontreraient l'assentiment de la majorité des biologistes modernes. Je ne puis que prendre la pleine responsabilité des développements d'ordre éthique sinon politique que je n'ai pas voulu éviter, si périlleux fussent-ils ou naïfs ou trop ambitieux qu'ils puissent, malgré moi, paraître : la modestie sied au savant, mais pas aux idées qui l'habitent et qu'il *doit* défendre. Là encore cependant j'ai l'assurance, rassurante, de me trouver en plein accord avec certains des biologistes contemporains dont l'œuvre mérite le plus grand respect.

Je dois demander l'indulgence des biologistes pour certains développements qui leur paraîtront fastidieux et celle des non-biologistes pour l'aridité de l'exposé de certaines notions « techniques » inévitables. Les appendices pourront aider quelques lecteurs à surmonter ces difficultés. Mais je voudrais insister sur le fait que la lecture n'en est nullement indispensable pour qui ne tient pas à affronter directement les réalités chimiques de la biologie.

Cet essai est fondé sur une série de conférences (les « Robbins Lectures ») données en février 1969 au collège Pomona, en Californie. Je tiens à remercier les autorités de ce collège pour m'avoir donné l'occasion de développer, devant un très jeune et ardent public, certains thèmes depuis longtemps pour moi sujets de réflexion, mais non d'enseignement. J'ai fait également de ces thèmes le sujet d'un cours au Collège de France pendant l'année scolaire 1969-1970. C'est une belle et précieuse institution qui autorise ses membres à déborder, parfois, les strictes limites de l'enseignement qu'elle leur a confié. Grâces en soient rendues à Guillaume Budé et à François 1^er^.

*Clos Saint-Jacques*
***Avril 1970***

# 1

# D'étranges objets

le naturel et l'artificiel

La distinction entre objets artificiels et objets naturels paraît à chacun de nous immédiate et sans ambiguïté. Rocher, montagne, fleuve ou nuage sont des objets naturels ; un couteau, un mouchoir, une automobile, sont des objets artificiels, des artefacts [1]. Qu'on analyse ces jugements, on verra cependant qu'ils ne sont pas immédiats ni strictement objectifs. Nous savons que le couteau a été façonné par l'homme en vue d'une utilisation, d'une performance envisagée à l'avance. L'objet matérialise l'intention préexistante qui lui a donné naissance et sa forme s'explique par la performance qui en était attendue avant même qu'elle ne s'accomplisse. Rien de tel pour le fleuve ou le rocher que nous savons ou pensons avoir été façonnés par le libre jeu de forces physiques auxquelles nous ne saurions attribuer aucun « projet ». Ceci tout au moins si nous acceptons le postulat de base de la méthode scientifique : à savoir que la Nature est *objective* et non *projective*.

C'est donc par référence à notre propre activité, consciente et projective, c'est parce que nous sommes nous-mêmes fabricants d'artefacts, que nous jugeons du « naturel » ou de l'« artificiel » d'un objet quel-

1. Au sens propre : produits de l'art, de l'industrie.

conque. Serait-il en fait possible de définir par des critères objectifs et généraux les caractéristiques des objets artificiels, produits d'une activité projective consciente, par opposition aux objets naturels, résultant du jeu gratuit des forces physiques ? Pour s'assurer de l'entière objectivité des critères choisis, le mieux sans doute serait de se demander si, les utilisant, un programme pourrait être rédigé qui permettrait à une calculatrice de distinguer un artefact d'un objet naturel.

Un tel programme pourrait trouver des applications du plus puissant intérêt. Supposons qu'un vaisseau spatial doive prochainement se poser sur Vénus ou sur Mars ; quelle question plus intéressante que de savoir si nos voisines sont, ou ont été à une époque antérieure, habitées par des êtres intelligents, capables d'activité projective ? Pour déceler une telle activité, présente ou passée, ce sont évidemment *ses produits* qu'il faudrait reconnaître, si radicalement différents qu'ils puissent être des fruits d'une industrie humaine. Ignorant tout de la nature de tels êtres, et des projets qu'ils pourraient avoir conçus, il faudrait que le programme n'utilise que des critères très généraux, fondés exclusivement sur la structure et la forme des objets examinés, sans référence aucune à leur fonction éventuelle.

On voit que les critères à employer seraient au nombre de deux : 1° régularité ; 2° répétition.

Par le critère de régularité on chercherait à utiliser le fait que les objets naturels, façonnés par le jeu de forces physiques, ne présentent presque jamais de structures géométriquement simples : surfaces planes, arêtes rectilignes, angles droits, symétries exactes par exemple ; alors que des artefacts présenteraient en général de telles caractéristiques, fût-ce de façon approchée et rudimentaire.

Le critère de répétition serait sans doute le plus décisif. Matérialisant un projet renouvelé, des artefacts homologues, destinés au même usage, reproduisent, à certaines approximations près, les intentions constantes de leur créateur. A cet égard, la découverte de nombreux exemplaires d'objets de formes assez bien définies serait donc très significative.

Tels pourraient être, brièvement définis, les critères généraux utilisables. Il doit être précisé, en outre, que les objets à examiner seraient de dimensions *macroscopiques*, mais non *microscopiques*. Par « macroscopiques » il faut entendre des dimensions mesurables, disons, en centimètres ; par « microscopiques » des dimensions qu'on exprimerait normalement en Angström (1 cm = $10^8$ Angström). Cette précision est indispensable car, à l'échelle microscopique, on aurait affaire à des structures atomiques ou moléculaires dont les géométries simples et répétitives ne témoigneraient évidemment pas d'une intention consciente et rationnelle, mais des lois de la chimie.

**les difficultés d'un programme spatial**

Supposons le programme écrit et la machine réalisée. Pour mettre ses performances à l'épreuve, on ne saurait mieux trouver que de la faire opérer sur des objets terrestres. Inversons nos hypothèses, et imaginons que la machine a été construite par les experts de la NASA martienne, désireux de détecter sur la Terre les témoignages d'une activité organisée, créatrice d'artefacts. Et supposons que le premier vaisseau martien atterrisse dans la forêt de Fontainebleau, mettons près du village de Barbizon. La machine examine et compare les deux séries d'objets les plus remarquables des environs : les maisons de Barbizon d'une part et les rochers d'Apremont de l'autre. Utilisant les critères de régularité, de simplicité géométrique et de répétition, elle décidera aisément que les rochers sont des objets naturels, alors que les maisons sont des artefacts.

Tournant maintenant son attention vers des objets de dimensions plus réduites, la machine examine quelques petits cailloux, à côté desquels elle découvre des cristaux, disons de quartz. Selon les mêmes critères, elle devra évidemment décider que, si les cailloux sont naturels, les cristaux de quartz sont des objets artificiels. Jugement qui paraît témoigner d'une « erreur » dans la structure du programme. « Erreur » dont l'origine d'ailleurs est intéressante : si les cristaux présentent des formes géométriques parfaitement définies, c'est que leur structure macroscopique reflète directement la structure microscopique, simple et répétitive des atomes ou molécules qui les constituent. Le cristal, en d'autres termes, est l'expression macroscopique d'une structure microscopique. Cette « erreur » serait d'ailleurs assez facile à éliminer puisque toutes les structures cristallines *possibles* sont connues.

Mais supposons que la machine étudie maintenant un autre type d'objet : une ruche d'abeilles sauvages, par exemple. Elle y trouverait évidemment tous les critères d'une origine artificielle : structures géométriques simples et répétitives des rayons et des cellules constituantes, par quoi la ruche serait classée dans la même catégorie d'objets que les maisons de Barbizon. Que penser de ce jugement ? Nous savons que la ruche est « artificelle » en ce sens qu'elle représente le produit de l'activité des abeilles. Mais nous avons de bonnes raisons de penser que cette activité est strictement automatique, actuelle mais non consciemment projective. Cependant, en bons naturalistes, nous considérons les abeilles comme des êtres « naturels ». N'y a-t-il pas une contradiction flagrante à considérer comme « artificiel » le produit de l'activité automatique d'un être « naturel » ?

En poursuivant l'enquête on verrait bientôt que s'il y a contradiction elle ne résulte pas d'une erreur de programmation, mais de l'ambiguïté de nos jugements. Car si la machine examine maintenant non plus la ruche, mais les abeilles elles-mêmes, elle ne pourra y voir que des objets artificiels, hautement élaborés. L'examen le plus superficiel révélera chez l'abeille des éléments évidents de symétrie simple : bilatérale et translationnelle. En outre et surtout, examinant abeille après abeille, le programme notera que l'extrême complexité de leur structure (nombre et position des poils abdominaux par exemple, ou nervures des ailes) se trouve reproduite d'un individu à l'autre avec une extraordinaire fidélité. Preuve la plus certaine que ces êtres sont les produits d'une activité délibérée, constructrice, et de l'ordre le plus raffiné. La machine, sur la base de documents aussi décisifs, ne pourrait que signaler aux officiels de la NASA martienne sa découverte, sur la Terre, d'une industrie auprès de laquelle la leur paraîtrait sans doute primitive.

Le détour que nous venons de faire à travers ce qui n'est qu'à peine de la science-fiction était destiné à illustrer la difficulté de définir la distinction qui cependant nous paraît intuitivement évidente, entre objets « naturels » et « artificiels ». En fait, sur la base de critères structuraux (macroscopiques) il est sans doute impossible de parvenir à une définition de l'artificiel qui, tout en incluant tous les « véritables » artefacts, tels que les produits de l'industrie humaine, exclurait des objets aussi évidemment naturels que les structures cristallines, ainsi que les êtres vivants eux-mêmes, que pourtant nous voudrions également classer parmi les systèmes naturels.

En réfléchissant à la cause des confusions (apparentes ?) auxquelles conduit le programme, on pensera sans doute qu'elles tiennent à ce que nous avons voulu le limiter exclusivement à des considérations de forme, de structure, de géométrie, privant ainsi la notion d'objet artificiel de son contenu essentiel : à savoir qu'un tel objet se définit, s'explique d'abord, par la fonction qu'il est destiné à remplir, par la performance qu'en attend son inventeur. On verra cependant bientôt qu'en programmant désormais la machine pour qu'elle étudie non seulement la structure, mais les performances éventuelles des objets examinés, on aboutirait à des résultats plus décevants encore.

**des objets dotés d'un projet**

Supposons par exemple que ce nouveau programme permette effectivement à la machine d'analyser correctement les structures et les performances de deux séries d'objets, tels que des chevaux courant dans un champ et des automobiles circulant sur une route. L'analyse conduirait à la conclusion que ces objets sont étroitement comparables, en ce qu'ils sont les uns et les autres conçus pour être capables de déplacements rapides, encore que sur des surfaces différentes, ce qui rend compte de leurs différences de structure. Et si, pour prendre un autre exemple, nous proposions à la machine de comparer les structures et les performances de l'œil d'un vertébré avec celles d'un appareil photographique, le programme ne pourrait qu'en reconnaître les profondes analogies ; lentilles, diaphragme, obturateur, pigments photosensibles : les mêmes composants ne peuvent avoir été disposés, dans les deux objets, qu'en vue d'en obtenir des performances semblables.

Je n'ai cité cet exemple, classique parmi bien d'autres, d'adaptation fonctionnelle chez les êtres vivants, que pour souligner combien il serait arbitraire et stérile de vouloir nier que l'organe naturel, l'œil, ne représente l'aboutissement d'un « projet » (celui de capter des images) alors qu'il faudrait bien reconnaître cette origine à l'appareil photographique. Ce serait d'autant plus absurde qu'en dernière analyse, le projet qui « explique » l'appareil ne peut être que le même auquel l'œil doit sa structure. Tout artefact est un produit de l'activité d'un être vivant qui exprime ainsi, et de façon particulièrement évidente, l'une des propriétés fondamentales qui caractérisent tous les êtres vivants sans exception : celle d'être des *objets doués d'un projet* qu'à la fois ils représentent dans leurs structures et accomplissent par leurs performances (telles que, par exemple, la création d'artefacts).

Plutôt que de refuser cette notion (ainsi que certains biologistes ont tenté de le faire), il est au contraire indispensable de la reconnaître comme essentielle à la définition même des êtres vivants. Nous dirons que ceux-ci se distinguent de toutes les autres structures de tous les systèmes présents dans l'univers, par cette propriété que nous appellerons la *téléonomie*.

On remarquera cependant que cette condition, si elle est nécessaire à la définition des êtres vivants, n'est pas suffisante puisqu'elle ne propose pas de critères objectifs qui permettraient de distinguer les êtres vivants eux-mêmes des artefacts, produits de leur activité.

Il ne suffit pas de noter que le projet qui donne naissance à un artefact appartient à l'animal qui l'a créé, mais non à l'objet artificiel lui-même. Cette notion évidente est encore trop subjective, et la preuve en est qu'il serait difficile de l'utiliser dans le programme d'une calculatrice : comment déciderait-elle que le projet de capter des images — projet représenté par un appareil photographique — appartient à un objet autre que l'appareil lui-même ? Par le seul examen de la structure achevée et l'analyse de ses performances, il est possible d'identifier le projet, mais non son auteur.

Pour y parvenir, il faut un programme qui étudie non seulement l'objet actuel, mais son origine, son histoire et, pour commencer, son mode de construction. Rien ne s'oppose, au moins en principe, à ce qu'un tel programme puisse être formulé. Fût-il même assez primitif, ce programme permettrait de discerner, entre un artefact aussi perfectionné soit-il et un être vivant, une différence radicale. La machine ne pourrait manquer en effet de constater que la structure macroscopique d'un artefact (qu'il s'agisse d'un rayon d'abeille, d'un barrage érigé par des castors, d'une hache paléolithique, ou d'un vaisseau spatial) résulte de l'application, aux matériaux qui le constituent, de forces *extérieures* à l'objet lui-même. La structure macroscopique, une fois achevée, ne témoigne pas des forces de cohésion internes entre atomes ou molécules qui constituent le matériau (et ne lui confèrent que ses propriétés générales de densité, dureté, ductilité, etc.), mais des forces *externes* qui l'ont *façonné.*

**des machines qui se construisent elles-mêmes**

Le programme, en revanche, devra enregistrer le fait que la structure d'un être vivant résulte d'un processus totalement différent en ce qu'il ne doit presque rien à l'action des forces extérieures, mais tout, de la forme générale jusqu'au moindre détail, à des interactions « morphogénétiques » internes à l'objet lui-même. Structure témoignant donc d'un déterminisme autonome, précis, rigoureux, impliquant une « liberté » quasi totale à l'égard d'agents ou conditions extérieures, capables certes d'entraver ce développement, mais non de le diriger, non d'imposer à l'objet vivant son organisation. Par le caractère autonome et spontané des processus morphogénétiques qui construisent la structure macroscopique des êtres vivants, ceux-ci se distinguent absolument des artefacts, aussi bien d'ailleurs que de la plupart des objets naturels, dont la morphologie macroscopique résulte en large part de l'action d'agents externes. Ceci à une exception près : à nouveau les cristaux dont la géométrie caractéristique reflète les interactions microscopiques internes à l'objet lui-même. Par ce seul critère, les cristaux seraient donc classés avec les êtres vivants, alors qu'artefacts et objets naturels, façonnés les uns et les autres par des agents extérieurs, constitueraient une autre classe.

Que par ce critère, aussi bien que par ceux de régularité et de répétitivité, les structures cristallines et celles des êtres vivants dussent être rapprochées, pourrait donner à réfléchir au programmeur, même ignorant de la biologie moderne : il devrait se demander si les forces internes qui confèrent leur structure macroscopique aux êtres vivants ne seraient pas de même nature que les interactions microscopiques responsables des morphologies cristallines. Qu'il en est bien ainsi constitue l'un des principaux thèmes développés dans les chapitres suivants du présent essai. Pour l'instant, nous cherchons à définir par des critères absolument généraux les propriétés macroscopiques qui différencient les êtres vivants de tous les autres objets dans l'univers.

Ayant « découvert » qu'un déterminisme interne, autonome, assure la formation des structures extrêmement complexes des êtres vivants, notre programmeur, ignorant la biologie, mais informaticien de profession, devrait nécessairement voir que de telles structures représentent une quantité considérable d'information dont il reste alors à identifier la source : car toute information exprimée, donc reçue, suppose un émetteur.

**des machines qui se reproduisent**

Admettons que, poursuivant son enquête, il fasse enfin sa dernière découverte : à savoir que l'émetteur de l'information exprimée dans la structure d'un être vivant est *toujours* un autre objet identique au premier. Il a maintenant identifié la source et reconnu une troisième propriété remarquable de ces objets : le pouvoir de reproduire et transmettre *ne varietur* l'information correspondant à leur propre structure. Information très riche, puisqu'elle décrit une organisation excessivement complexe, mais intégralement conservée d'une génération à la suivante. Nous désignerons cette propriété sous le nom de *reproduction invariante,* ou simplement d'*invariance.*

On remarquera ici que, par la propriété de reproduction invariante, les êtres vivants et les structures cristallines se trouvent une fois de plus associés et opposés à tous les autres objets connus dans l'univers. On sait en effet que certains corps, en solution sursaturée, ne cristallisent pas, à moins que des germes de cristaux n'aient été inoculés à la solution. En outre, lorsqu'il s'agit d'un corps capable de cristalliser dans deux systèmes différents, la structure des cristaux qui apparaîtront dans la solution sera déterminée par celle des germes employés. Les structures cristallines cependant représentent une quantité d'information inférieure de plusieurs ordres de grandeur à celle qui est transmise d'une génération à l'autre chez les êtres vivants les plus simples que nous connaissions. Ce critère, purement quantitatif, il faut le souligner, permet de distinguer les êtres vivants de tous les autres objets, y compris les cristaux.

*
* *

Abandonnons maintenant à ses réflexions le programmeur martien, supposé ignorer la biologie. Cette expérience imaginaire n'avait pour objet que de nous contraindre à « redécouvrir » les propriétés les plus générales qui caractérisent les êtres vivants et les distinguent du reste de l'univers. Reconnaissons maintenant que nous savons la biologie (autant qu'on puisse la connaître aujourd'hui) pour analyser de plus près et tenter de définir de façon plus précise, si possible quantitative, les propriétés en question. Nous en avons trouvé trois : téléonomie, morphogénèse autonome, invariance reproductive.

**les propriétés étranges : invariance et téléonomie**

De ces trois propriétés, l'*invariance* reproductive est la plus facile à définir quantitativement. Puisqu'il s'agit de la capacité de reproduire une structure de haut degré d'ordre, et puisque le degré d'ordre d'une structure peut être défini en unités d'information, nous donnée est égal à la quantité d'information qui, transdirons que le « contenu d'invariance » d'une espèce mise d'une génération à la suivante, assure la conservation de la norme structurale spécifique. Nous verrons qu'il est possible, moyennant certaines hypothèses, de parvenir à une estimation de cette grandeur.

Ceci posé va nous permettre de cerner de plus près la notion qui s'impose avec le plus d'évidence immédiate par l'examen des structures et des performances des êtres vivants, celle de téléonomie. Notion qui, cependant, à l'analyse, se révèle profondément ambiguë, puisqu'elle implique l'idée subjective de « projet ». Rappelons l'exemple de l'appareil photographique : si nous admettons que l'existence de cet objet et sa structure réalisent le « projet » de capter des images, nous devons de toute évidence admettre qu'un « projet » semblable s'accomplit dans l'émergence de l'œil d'un vertébré.

Mais tout projet particulier, quel qu'il soit, n'a de sens que comme partie d'un projet plus général. Toutes les adaptations fonctionnelles des êtres vivants comme aussi tous les artefacts façonnés par eux accomplissent des projets particuliers qu'il est possible de considérer comme des aspects ou des fragments d'un projet primitif unique, qui est la conservation et la multiplication de l'espèce.

Pour être plus précis, nous choisirons arbitrairement de définir le projet téléonomique essentiel comme consistant dans la transmission, d'une génération à l'autre, du contenu d'invariance caractéristique de l'espèce. Toutes les structures, toutes les performances, toutes les activités qui contribuent au succès du projet essentiel seront donc dites « téléonomiques ».

Ceci permet de proposer une définition de principe du « niveau » téléonomique d'une espèce. On peut en effet considérer que toutes les structures et performances téléonomiques correspondent à une certaine quantité d'information qui doit être transférée pour que ces structures soient réalisées et ces performances accomplies. Appelons cette quantité « l'information téléonomique ». On peut alors considérer que le « niveau téléonomique » d'une espèce donnée correspond à la quantité d'information qui doit être transférée, en moyenne, par individu, pour assurer la transmission à la génération suivante du contenu spécifique d'invariance reproductive.

On verra aisément que l'accomplissement du projet téléonomique fondamental (c'est-à-dire la reproduction invariante) met en œuvre, dans des espèces différentes et aux différents degrés de l'échelle animale, des structures et des performances variées, plus ou moins élaborées et complexes. Il faut insister sur le fait qu'il ne s'agit pas seulement des activités directement liées à la reproduction proprement dite, mais de toutes celles qui contribuent, fût-ce très indirectement, à la survie et à la multiplication de l'espèce. Le jeu, par exemple, chez les jeunes de mammifères supérieurs, est un élément important de développement psychique et d'insertion sociale. Il a donc une valeur téléonomique comme participant à la cohésion du groupe, condition de sa survie et de l'expansion de l'espèce. C'est le degré de complexité de toutes ces performances ou structures, conçues comme ayant pour fonction de servir le projet téléonomique, qu'il s'agirait d'estimer.

Cette grandeur théoriquement définissable n'est pas mesurable en pratique. Elle permet au moins d'ordonner grossièrement différentes espèces ou groupes sur une « échelle téléonomique ». Pour prendre un exemple extrême, imaginons un poète amoureux et timide qui n'ose avouer son amour à la femme qu'il aime et ne sait exprimer son désir que symboliquement, dans les poèmes qu'il lui dédie. Supposons que la dame, enfin séduite par ces hommages raffinés, consente à faire l'amour avec le poète. Ses poèmes auront contribué au succès du projet essentiel et l'information qu'ils contenaient doit donc être comptabilisée dans la somme des performances téléonomiques assurant la transmission de l'invariance génétique.

Il est clair que le succès du projet ne comporte aucune performance analogue chez d'autres espèces animales, la souris par exemple. Mais, et ceci est le point important, le contenu d'invariance génétique est à peu près le même chez la souris et chez l'homme (en fait, chez tous les mammifères). *Les deux grandeurs que nous avons cherché à définir sont donc bien distinctes.*

Ceci nous amène à considérer une question très importante concernant les relations entre les trois propriétés que nous avons reconnues comme caractéristiques des êtres vivants : téléonomie, morphogénèse autonome et invariance. Le fait que le programme utilisé les ait successivement et indépendamment identifiées ne prouve pas qu'elles ne soient pas simplement trois manifestations d'une même et unique propriété plus fondamentale et plus secrète, inaccessible à toute observation directe. Si c'était le cas, distinguer entre ces propriétés, en chercher des définitions différentes, pourrait n'être qu'illusion et arbitraire. Loin d'éclairer les vrais problèmes, de cerner le « secret de la vie », de vraiment le disséquer, nous ne serions qu'en train de l'exorciser.

Il est parfaitement vrai que ces trois propriétés sont étroitement associées chez tous les êtres vivants. L'invariance génétique ne s'exprime et ne se révèle qu'à travers et grâce à la morphogénèse autonome de la structure qui constitue l'appareil téléonomique.

Une première observation s'impose : le statut de ces trois notions n'est pas le même. Si l'invariance et la téléonomie sont effectivement des « propriétés » caractéristiques des êtres vivants, la structuration spontanée doit plutôt être considérée comme un mécanisme. Nous verrons d'ailleurs, dans les chapitres suivants, que ce mécanisme intervient aussi bien dans la reproduction de l'information invariante que dans la construction des structures téléonomiques.

Que ce mécanisme en définitive rende compte des deux propriétés n'implique pas cependant qu'elles doivent être confondues. Il reste possible, il est en fait méthodologiquement indispensable de les distinguer et ceci pour plusieurs raisons.

1. On peut au moins *imaginer* des objets capables de reproduction invariante, mais dépourvus de tout appareil téléonomique. Les structures cristallines en proposent un exemple, à un niveau de complexité très inférieur, il est vrai, à celui de tous les êtres vivants connus.

2. La distinction entre téléonomie et invariance n'est pas une simple abstraction logique. Elle est justifiée par des considérations chimiques. En effet, des deux classes de macromolécules biologiques essentielles l'une, celle des protéines, est responsable de presque toutes les structures et performances téléonomiques, tandis que l'invariance génétique est attachée exclusivement à l'autre classe, celle des acides nucléiques.

3. Comme on le verra dans le chapitre suivant, cette distinction enfin est, explicitement ou non, supposée dans toutes les théories, toutes les constructions

idéologiques (religieuses, scientifiques ou métaphysiques) relatives à la biosphère et à ses relations avec le reste de l'univers.

*
* *

Les êtres vivants sont des objets étranges. Les hommes, de tout temps, ont dû plus ou moins confusément le savoir. Le développement des sciences de la nature à partir du XVIIe siècle, leur épanouissement à partir du XIXe siècle, loin d'effacer cette impression d'étrangeté, la rendait plus aiguë encore. Au regard des lois physiques régissant les systèmes macroscopiques, l'existence même des êtres vivants semblait constituer un paradoxe, violer certains des principes fondamentaux sur lesquels repose la science moderne. Lesquels exactement ? Cela n'est pas immédiatement clair. Il s'agit donc d'analyser précisément la nature de ce ou de ces « paradoxes ». Cela nous donnera l'occasion de préciser le statut, au regard des lois physiques, des deux propriétés essentielles qui caractérisent les êtres vivants : l'invariance reproductive et la téléonomie.

le « paradoxe » de l'invariance

L'invariance paraît en effet, dès l'abord, constituer une propriété profondément paradoxale, puisque le maintien, la reproduction, la multiplication de structures hautement ordonnées paraissent incompatibles avec le deuxième principe de la thermodynamique. Ce principe impose en effet que tout système macroscopique ne puisse évoluer que dans le sens de la dégradation de l'ordre qui le caractérise [1].

1. Voir Appendices, p. 242.

Cependant cette prédiction du deuxième principe n'est valable, et vérifiable, que si l'on considère l'évolution d'ensemble d'un système *énergétiquement isolé*. Au sein d'un tel système, dans l'une de ses phases, on pourra observer la formation et l'accroissement de structures ordonnées sans que pour autant l'évolution d'ensemble du système cesse d'obéir au deuxième principe. Le meilleur exemple en est donné par la cristallisation d'une solution saturée. La thermodynamique d'un tel système est bien comprise. L'accroissement local d'ordre que représente l'assemblage de molécules initialement désordonnées en un réseau cristallin parfaitement défini est « payé » par un transfert d'énergie thermique de la phase cristalline à la solution : l'entropie (le désordre) du système dans son ensemble augmente de la quantité prescrite par le deuxième principe.

Cet exemple montre qu'un accroissement local d'ordre, au sein d'un système isolé, est compatible avec le deuxième principe. Nous avons souligné cependant que le degré d'ordre que représente un organisme, même le plus simple, est incomparablement plus élevé que celui que définit un cristal. Il faut se demander si la conservation et la multiplication invariante de telles structures est également compatible avec le deuxième principe. On peut le vérifier par une expérience étroitement comparable à celle de la cristallisation.

Prenons un millilitre d'eau, contenant quelques milligrammes d'un sucre simple, tel que le glucose, ainsi que des sels minéraux comprenant les éléments essentiels entrant dans la composition des constituants chimiques des êtres vivants (azote, phosphore, soufre, etc.). Ensemençons dans ce milieu une bactérie de l'espèce *Escherichia coli,* par exemple (longueur 2 μ, poids 5 × $10^{-13}$ g environ). En l'espace de 36 heures la solution contiendra plusieurs milliards de bactéries. Nous constaterons que 40 % du sucre a été converti en constituants cellulaires, alors que le reste a été oxydé en $CO_2$ et $H_2O$. En effectuant toute l'expérience dans un calorimètre on peut déterminer le bilan thermodynamique de l'opération et constater que, comme dans le cas de la cristallisation, l'entropie de l'ensemble du système (bactéries + milieu) a augmenté d'un peu plus que le minimum prescrit par le deuxième principe. Ainsi, tandis que la structure extrêmement complexe que représente la cellule bactérienne a été non seulement conservée mais multipliée plusieurs milliards de fois, la dette thermodynamique qui correspond à l'opération a été dûment réglée.

Il n'y a donc aucune violation définissable ou mesurable du deuxième principe. Cependant, assistant à ce phénomène, notre intuition physique ne peut manquer d'être profondément troublée et d'en percevoir, plus encore qu'avant l'expérience, toute l'étrangeté. Pourquoi ? Parce que nous voyons bien que ce processus est gauchi, orienté dans une direction exclusive : la multiplication des cellules. Celles-ci, certes, ne violent pas les lois de la thermodynamique, bien au contraire. Elles ne se contentent pas de leur obéir ; elles les utilisent, comme le ferait un bon ingénieur, pour accomplir avec le maximum d'efficacité le projet, réaliser le « rêve » (F. Jacob) de toute cellule : devenir deux cellules.

On essaiera, dans un prochain chapitre, de donner une idée de la complexité, du raffinement et de l'efficacité de la machinerie chimique nécessaire à la réalisation de ce projet qui exige la synthèse de plusieurs centaines de constituants organiques différents, leur assemblage en plusieurs milliers d'espèces macromoléculaires, la mobilisation et l'utilisation, là où il est nécessaire, du potentiel chimique libéré par l'oxydation du sucre, la construction des organites cellulaires. Il n'y a cependant aucun paradoxe physique dans la reproduction invariante de ces structures : le prix thermodynamique de l'invariance est payé, au plus juste, grâce à la perfection de l'appareil téléonomique qui, avare de calories, atteint dans sa tâche infiniment complexe un rendement rarement égalé par les machines humaines. Cet appareil est entièrement logique, merveilleusement rationnel, parfaitement adapté à son projet : conserver et reproduire la norme structurale. Et cela, non pas en transgressant, mais en exploitant les lois physiques au bénéfice exclusif de son idiosyncrasie personnelle. C'est l'existence même de ce projet, à la fois accompli et poursuivi par l'appareil téléonomique qui constitue le « miracle ». Miracle ? Non, la véritable question se pose à un niveau autre, et plus profond, que celui des lois physiques ; c'est de notre entendement, de l'intuition que nous avons du phénomène qu'il s'agit. Il n'y a pas en vérité de paradoxe ou de miracle ; mais une flagrante *contradiction* épistémologique.

**la téléonomie et le principe d'objectivité**

La pierre angulaire de la méthode scientifique est le postulat de l'objectivité de la Nature. C'est-à-dire le refus *systématique* de considérer comme pouvant conduire à une connaissance « vraie » toute interprétation des phénomènes donnée en termes de causes finales, c'est-à-dire de « projet ». On peut dater exactement la découverte de ce principe. La formulation, par Galilée et Descartes, du principe d'inertie, ne fondait pas seulement la mécanique, mais l'épistémologie de la science moderne, en abolissant la physique et la cosmologie d'Aristote. Certes, ni la raison, ni la logique, ni l'expérience, ni même l'idée de leur confrontation systématique n'avaient manqué aux prédécesseurs de Descartes. Mais la science, telle que nous l'entendons aujourd'hui, ne pouvait se constituer sur ces seules bases. Il y fallait encore l'austère censure posée par le postulat d'objectivité. Postulat pur, à jamais indémontrable, car il est évidemment impossible d'imaginer une expérience qui pourrait prouver la *non-existence* d'un projet, d'un but poursuivi, où que ce soit dans la nature.

Mais le postulat d'objectivité est consubstantiel à la science, il a guidé tout son prodigieux développement depuis trois siècles. Il est impossible de s'en défaire, fût-ce provisoirement, ou dans un domaine limité, sans sortir de celui de la science elle-même.

L'objectivité cependant nous oblige à reconnaître le caractère téléonomique des êtres vivants, à admettre que, dans leurs structures et performances, ils réalisent et poursuivent un projet. Il y a donc là, au moins en apparence, une contradiction épistémologique profonde. Le problème central de la biologie c'est cette contradiction elle-même, qu'il s'agit de résoudre si elle n'est qu'apparente, ou de prouver radicalement insoluble si en vérité il en est bien ainsi.

# 2

# Vitalismes et animismes

Du fait même que les propriétés téléonomiques des êtres vivants semblent mettre en question l'un des postulats de base de la théorie moderne de la connaissance, toute conception du monde, philosophique, religieuse, scientifique, suppose *nécessairement* une solution, implicite ou non, de ce problème. Toute solution à son tour, quelle qu'en soit d'ailleurs la motivation, implique de façon également inévitable une hypothèse quant à la priorité, causale et temporelle, des deux propriétés caractéristiques des êtres vivants (invariance et téléonomie) l'une par rapport à l'autre.

**la relation de priorité entre invariance et téléonomie : dilemme fondamental**

Nous réservons pour un chapitre ultérieur l'exposé et les justifications de l'hypothèse considérée comme seule acceptable aux yeux de la science moderne : à savoir que l'invariance précède nécessairement la téléonomie. Ou, pour être plus explicite, l'idée darwinienne que l'apparition, l'évolution, le raffinement progressif de structures de plus en plus intensément téléonomiques sont dus à des perturbations survenues dans une structure *possédant déjà la propriété d'invariance,* capable par conséquent de « conserver le hasard » et par là d'en soumettre les effets au jeu de la sélection naturelle.

Bien entendu, la théorie que j'esquisse ici, brièvement et dogmatiquement, n'est pas celle de Darwin lui-même qui ne pouvait, en son temps, avoir aucune idée des mécanismes chimiques de l'invariance reproductive, ni de la nature des perturbations que souffrent ces mécanismes. Mais ce n'est rien enlever au génie de Darwin que de constater que la théorie sélective de l'évolution n'a pu prendre tout son sens, toute sa précision, toute sa certitude, que depuis moins d'une vingtaine d'années.

Jusqu'à présent la théorie sélective est la seule à avoir été proposée qui, faisant de la téléonomie une propriété secondaire, dérivée de l'invariance considérée comme seule primitive, soit compatible avec le postulat d'objectivité. C'est la seule également à être non seulement compatible avec la physique moderne mais fondée sur elle, sans restrictions ni additions. C'est la théorie de l'évolution sélective qui assure en définitive la cohérence épistémologique de la biologie et lui donne sa place parmi les sciences de la « Nature objective ». Puissant argument certes en faveur de la théorie, mais qui ne saurait suffire à la justifier.

Toutes les autres conceptions qui ont été explicitement proposées pour rendre compte de l'étrangeté des êtres vivants, ou qui sont implicitement enveloppées par les idéologies religieuses comme par la plupart des grands systèmes philosophiques, supposent l'hypothèse inverse : à savoir que *l'invariance est protégée, l'ontogénie guidée, l'évolution orientée* par un principe téléonomique initial, dont tous ces phénomènes seraient des manifestations. Dans le reste de ce chapitre, j'analyserai schématiquement la logique de ces interprétations, très diverses en apparence, mais qui impliquent toutes l'abandon, partiel ou total, avoué ou non, conscient ou pas, du postulat d'objectivité. Il sera commode, pour cela, d'adopter une classification (un peu arbitraire, il est vrai) de ces conceptions, selon la nature et l'extension supposée du principe téléonomique auquel elles font appel.

On peut ainsi définir d'une part un premier groupe de théories comme admettant un principe téléonomique qui est expressément supposé n'opérer qu'au sein de la biosphère, de la « matière vivante ». Ces théories, que j'appellerai *vitalistes,* impliquent donc une distinction radicale entre les êtres vivants et l'univers inanimé.

On peut grouper d'autre part les conceptions qui font appel à un principe téléonomique *universel,* responsable de l'évolution cosmique aussi bien que de celle de la biosphère, au sein de laquelle il s'exprimerait seulement de façon plus précise et intense. Ces théories voient dans les êtres vivants les produits les plus élaborés, les plus parfaits, d'une évolution universellement orientée qui a abouti, parce qu'elle *devait* y aboutir, à l'homme et à l'humanité. Ces conceptions que j'appellerai « animistes » sont à bien des égards plus intéressantes que les théories vitalistes auxquelles je ne consacrerai qu'un bref aperçu [1].

* * *

Parmi les théories vitalistes, on peut discerner des tendances très diverses. On se contentera ici de distinguer entre ce que j'appellerai le « vitalisme métaphysique » et le « vitalisme scientiste ».

1. Peut-être faut-il souligner que j'emploie ici les qualificatifs « animiste » et « vitaliste » dans une acception particulière, quelque peu différente de l'usage courant.

vitalisme métaphysique

Le plus illustre promoteur d'un vitalisme métaphysique a été sans doute Bergson. On sait que grâce à un style séduisant, à une dialectique métaphorique dépourvue de logique mais non de poésie, cette philosophie a connu un immense succès. Elle semble tombée aujourd'hui dans un discrédit presque complet, alors que, dans ma jeunesse, on ne pouvait espérer réussir au bachot à moins d'avoir lu *l'Evolution créatrice.* Il faut donc rappeler que cette philosophie repose entièrement sur une certaine idée de la vie conçue comme un « élan », un « courant », radicalement distinct de la matière inanimée, mais luttant avec elle, la « traversant » pour l'obliger à s'organiser. Contrairement à presque tous les autres vitalismes ou animismes, celui de Bergson n'est pas finaliste. Il refuse d'enfermer la spontanéité essentielle de la vie dans une détermination quelconque. L'évolution, qui s'identifie à l'élan vital lui-même, ne peut donc avoir ni causes finales, ni causes efficientes. L'homme est le stade suprême auquel l'évolution soit parvenue, mais sans l'avoir cherché ou prévu. Il est plutôt la manifestation et la preuve de la totale liberté de l'élan créateur.

A cette conception une autre est associée, considérée comme fondamentale par Bergson : l'intelligence rationnelle est un instrument de connaissance spécialement adapté à la maîtrise de la matière inerte, mais totalement incapable d'appréhender les phénomènes de la vie. Seul l'instinct, consubstantiel à l'élan vital, peut en donner une intuition directe, globale. Tout discours analytique et rationnel sur la vie est donc dépourvu de sens, ou plutôt hors du sujet. Le haut développement de l'intelligence rationnelle, chez *Homo sapiens,* a entraîné un grave et regrettable appauvrissement de ses pouvoirs d'intuition, dont il nous faut aujourd'hui tenter de recouvrer les richesses.

Je n'essaierai pas de discuter (elle ne s'y prête pas d'ailleurs) cette philosophie. Enfermé dans la logique, et pauvre en intuitions globales, je m'en sens incapable. Pour autant je ne considère pas l'attitude de Bergson comme insignifiante, bien au contraire. La révolte, consciente ou pas, contre le rationnel, le respect accordé à l'*Id* aux dépens de l'*Ego* sont des marques de notre temps (sans parler de la spontanéité créatrice). Si Bergson avait employé une langue moins claire, un style plus « profond », on le relirait aujourd'hui [1].

*
* *

Les vitalistes « scientifiques » ont été nombreux et on compte parmi eux des savants très distingués. Mais alors qu'il y a une cinquantaine d'années les vitalistes se recrutaient parmi les biologistes (dont le plus connu, Driesch, abandonna l'embryologie pour la philosophie), les contemporains viennent principalement des sciences physiques tels M. Elsässer et M. Polanyi. On peut comprendre, certes, que des physiciens

**vitalisme scientiste**

1. La pensée de Bergson ne manque pas, bien entendu, d'obscurités ni de contradictions apparentes. Il semble qu'on puisse contester, par exemple, que le dualisme bergsonien soit essentiel : peut-être faut-il le considérer comme dérivé d'un monisme plus primitif ? (C. Blanchard, communication personnelle.) Il va de soi que je ne songe pas ici à analyser la pensée de Bergson dans ses ramifications, mais seulement dans ses implications les plus directes concernant la théorie des systèmes vivants.

aient été frappés, plus encore que des biologistes, par l'étrangeté des êtres vivants. Schématiquement résumée, l'attitude de M. Elsässer, par exemple, est la suivante.

Sans doute les propriétés étranges, invariance et téléonomie, ne violent-elles pas la physique, mais *elles ne sont pas entièrement explicables* à l'aide des forces physiques et interactions chimiques révélées par l'étude des systèmes non vivants. Il est donc indispensable d'admettre que des principes, qui viendraient *s'ajouter* à ceux de la physique, opèrent dans la matière vivante mais non dans les systèmes non vivants où, par conséquent, ces principes électivement vitaux ne pouvaient pas être découverts. Ce sont ces principes (ou lois biotoniques, pour employer la terminologie d'Elsässer) qu'il s'agit d'élucider.

Le grand Nils Bohr lui-même n'écartait pas, semble-t-il, de telles hypothèses. Mais il ne prétendait pas apporter la preuve qu'elles fussent nécessaires. Le sont-elles ? Tout est là, en définitive. C'est ce qu'affirment notamment Elsässer et Polanyi. Le moins qu'on puisse dire c'est que l'argumentation de ces physiciens manque singulièrement de rigueur et de fermeté.

Ces arguments concernent respectivement chacune des propriétés étranges. En ce qui concerne l'invariance, le mécanisme en est aujourd'hui assez bien connu pour qu'on puisse affirmer qu'aucun principe non physique n'est nécessaire à son interprétation (cf. chapitre 6).

Reste la téléonomie, ou plus exactement les mécanismes morphogénétiques qui construisent les structures téléonomiques. Il est parfaitement vrai que le développement embryonnaire est l'un des phénomènes les plus miraculeux d'apparence de toute la biologie. Il est vrai aussi que ces phénomènes, admirablement décrits par les embryologistes, échappent encore, pour une large part (pour des raisons techniques) à l'analyse génétique et biochimique qui seule, de toute évidence, pourrait permettre d'en rendre compte. L'attitude des vitalistes qui considèrent que les lois physiques sont ou s'avéreront, en tout cas, insuffisantes à expliquer l'embryogénèse, ne se justifie donc pas par des connaissances précises, par des observations finies, mais seulement par notre actuelle ignorance.

En revanche, nos connaissances relatives aux mécanismes cybernétiques moléculaires qui règlent l'activité et la croissance cellulaires ont fait des progrès considérables et contribueront sans doute dans un proche avenir à l'interprétation du développement. Nous réservons pour le chapitre 4 la discussion de ces mécanismes, ce qui nous donnera l'occasion de revenir sur certains arguments des vitalistes. Le vitalisme a besoin, pour survivre, que subsistent en biologie, sinon de véritables paradoxes, au moins des « mystères ». Les développements de ces vingt dernières années en biologie moléculaire ont singulièrement rétréci le domaine des mystères, ne laissant plus guère, grand ouvert aux spéculations vitalistes, que le champ de la subjectivité : celui de la conscience elle-même. On ne court pas grand risque à prévoir que, dans ce domaine pour l'instant encore « réservé », ces spéculations s'avéreront aussi stériles que dans tous ceux où elles se sont exercées jusqu'à présent.

* * *

Remontant à l'enfance de l'humanité, antérieures peut-être à l'apparition de l'*Homo sapiens*, les conceptions animistes ont encore des racines profondes et vivaces dans l'âme de l'homme moderne.

Nos ancêtres ne pouvaient sans doute que très confusément percevoir l'étrangeté de leur condition. Ils n'avaient pas les raisons que nous avons aujourd'hui de se sentir étrangers à l'univers sur lequel ils ouvraient les yeux. Qu'y voyaient-ils d'abord ? Des animaux, des plantes ; des êtres dont ils pouvaient d'emblée deviner la nature, semblable à la leur. Les plantes croissent, cherchent le soleil, meurent ; les animaux chassent leur proie, attaquent leurs ennemis, nourrissent et défendent leur progéniture ; les mâles se battent pour la possession d'une femelle. Plantes, animaux, comme l'homme lui-même, s'expliquaient aisément : ces êtres ont un projet qui est de vivre et de survivre dans leur descendance, fût-ce au prix de leur mort. Le projet explique l'être, et l'être n'a de sens que par son projet.

**la « projection animiste » et l'« ancienne alliance »**

Mais autour d'eux nos ancêtres voyaient aussi d'autres objets, bien plus mystérieux : des rochers, des fleuves, des montagnes, l'orage, la pluie, les corps célestes. Ces objets, s'ils existaient, il fallait bien que ce fût aussi pour un projet, et qu'ils eussent une âme pour le nourrir. Ainsi se résolvait pour ces hommes l'étrangeté de l'univers : il n'existe pas, en réalité, d'objets inanimés, ce qui serait incompréhensible. Au sein du fleuve, au sommet de la montagne, des âmes plus secrètes nourrissent des projets plus vastes et plus impénétrables que ceux, transparents, des hommes ou des animaux. Ainsi nos ancêtres savaient-ils voir dans les formes et les événements de la nature l'action de forces bienveillantes ou hostiles, mais jamais indifférentes, jamais totalement étrangères.

La démarche essentielle de l'animisme (tel que j'entends le définir ici) consiste en une projection dans la nature inanimée de la conscience qu'a l'homme du fonctionnement intensément téléonomique de son propre système nerveux central. C'est, en d'autres termes, l'hypothèse que les phénomènes naturels peuvent et doivent s'expliquer en définitive de la même manière, par les mêmes « lois » que l'activité humaine subjective, consciente et projective. L'animisme primitif formulait cette hypothèse en toute naïveté, franchise et précision, peuplant ainsi la nature de mythes gracieux ou redoutables qui ont, pendant des siècles, nourri l'art et la poésie.

On aurait tort de sourire, même avec la tendresse et le respect qu'inspire l'enfance. Croit-on que la culture moderne ait véritablement renoncé à l'interprétation subjective de la nature ? L'animisme établissait entre la Nature et l'Homme une profonde alliance hors laquelle ne semble s'étendre qu'une effrayante solitude. Faut-il rompre ce lien, parce que le postulat d'objectivité l'impose ? L'histoire des idées, depuis le XVII^e^ siècle, témoigne des efforts prodigués par les plus grands esprits pour éviter la rupture, pour forger à nouveau l'anneau de l' « ancienne alliance ». Qu'on songe à d'aussi grandioses tentatives que celle de Leibnitz, ou à l'énorme et pesant monument élevé par Hegel. Mais l'idéalisme est loin d'avoir été le seul refuge d'un animisme cosmique. Au cœur même de certaines idéologies qui se disent et se veulent fondées sur la science, on retrouve, sous une forme plus ou moins voilée, la projection animiste.

**le progressisme scientiste**

La philosophie biologique de Teilhard de Chardin ne mériterait pas qu'on s'y arrête, n'était le surprenant succès qu'elle a rencontré jusque dans les milieux scientifiques. Succès qui témoigne de l'angoisse, du besoin de renouer l'alliance. Teilhard la renoue en effet sans détours. Sa philosophie, comme celle de Bergson, est entièrement fondée sur un postulat évolutionniste initial. Mais, contrairement à Bergson, il admet que la force évolutive opère dans l'univers entier, des particules élémentaires aux galaxies : il n'y a pas de matière « inerte », et donc aucune distinction d'essence entre matière et vie. Le désir de présenter cette conception comme « scientifique » conduit Teilhard à la fonder sur une définition nouvelle de l'énergie. Celle-ci serait en quelque sorte distribuée selon deux vecteurs, dont l'un serait (je suppose) l'énergie « ordinaire » tandis que l'autre correspondrait à la force d'ascendance évolutive. La biosphère et l'homme sont les produits actuels de cette ascendance le long du vecteur spirituel de l'énergie. Cette évolution doit continuer jusqu'à ce que toute l'énergie soit concentrée selon ce vecteur : c'est le point $\omega$.

Encore que la logique de Teilhard soit incertaine et son style laborieux, certains même qui n'acceptent pas entièrement son idéologie y reconnaissent une certaine grandeur poétique. Je suis pour ma part choqué par le manque de rigueur et d'austérité intellectuelle de cette philosophie. J'y vois surtout une systématique complaisance à vouloir concilier, transiger à tout prix. Peut-être après tout Teilhard n'était-il pas pour rien membre de cet ordre dont, trois siècles plus tôt, Pascal attaquait le laxisme théologique.

L'idée de retrouver l'ancienne alliance animiste avec la nature, ou d'en fonder une nouvelle grâce à une théorie universelle selon laquelle l'évolution de la biosphère jusqu'à l'homme serait dans la continuité sans rupture de l'évolution cosmique elle-même n'a, bien entendu, pas été découverte par Teilhard. C'est en fait l'idée centrale du progressisme scientiste du XIXe siècle. On la trouve au cœur même du positivisme de Spencer, comme du matérialisme dialectique de Marx et Engels. La force inconnue et *inconnaissable* qui, selon Spencer, opère dans tout l'univers pour y créer variété, cohérence, spécialisation, ordre, joue exactement le même rôle, en définitive, que l'énergie « ascendante » de Teilhard : l'histoire humaine prolonge l'évolution biologique, qui elle-même fait partie de l'évolution cosmique. Grâce à ce principe unique l'homme retrouve enfin dans l'univers sa place éminente et nécessaire, avec la certitude du progrès auquel il est toujours promis.

La force différenciante de Spencer (comme l'énergie ascendante de Teilhard) représente évidemment la projection animiste. Pour donner un sens à la nature, pour que l'homme n'en soit pas séparé par un insondable gouffre, pour la rendre enfin déchiffrable et intelligible, *il fallait lui rendre un projet*. A défaut d'une âme pour nourrir ce projet, on insère alors dans la nature une « force » évolutive, ascendante, ce qui revient en fait à l'abandon du postulat d'objectivité.

***

Parmi les idéologies scientistes du XIXe siècle, la plus puissante, celle qui de nos jours encore exerce une profonde influence bien au-delà du cercle pourtant vaste de ses adeptes, est évidemment le Marxisme. Aussi est-il particulièrement révélateur de constater que, voulant fonder sur les lois de la nature elle-même l'édifice de leurs doctrines sociales, Marx et Engels ont eu recours, eux aussi, mais bien plus clairement et délibérément que Spencer, à la « projection animiste ».

**la projection animiste dans le matérialisme dialectique**

Il me semble en effet impossible d'interpréter autrement la fameuse « inversion » par laquelle Marx substitue le matérialisme dialectique à la dialectique idéaliste de Hegel.

Le postulat de Hegel : que les lois les plus générales qui gouvernent l'univers dans son évolution sont d'ordre dialectique, est à sa place au sein d'un système qui ne reconnaît de réalité permanente et authentique qu'à l'esprit. Si tous les événements, tous les phénomènes, ne sont que des manifestations partielles d'une idée qui se pense elle-même, il est légitime de rechercher dans l'expérience subjective du mouvement de la pensée l'expression la plus immédiate des lois universelles. Et puisque la pensée procède dialectiquement, c'est donc que les « lois de la dialectique » gouvernent la nature entière. Mais conserver ces « lois » subjectives telles quelles, pour en faire celles d'un univers purement matériel, c'est effectuer la projection animiste dans toute sa clarté, avec toutes ses conséquences, à commencer par l'abandon du postulat d'objectivité.

Ni Marx, ni Engels n'ont analysé en détail, pour tenter de la justifier, la logique de cette inversion de la dialectique. Mais, d'après les nombreux exemples d'application qu'en donne notamment Engels (dans l'*Anti-Dühring* et dans la *Dialectique de la Nature*), on peut tenter de reconstruire la pensée profonde des fondateurs du matérialisme dialectique. Les articulations essentielles en seraient les suivantes :

1. Le mode d'existence de la matière est le mouvement.

2. L'univers, défini comme la totalité de la matière, seule existante, est dans un état de perpétuelle évolution.

3. Toute connaissance vraie de l'univers est de celles qui contribuent à l'intelligence de cette évolution.

4. Mais cette connaissance n'est obtenue que dans l'interaction, elle-même évolutive et cause d'évolution, entre l'homme et la matière (ou plus exactement le « reste » de la matière). Toute connaissance vraie est donc « pratique ».

5. La conscience se rapporte à cette interaction cognitive. La pensée consciente reflète par conséquent le mouvement de l'univers lui-même.

6. Puisque, donc, la pensée est partie et reflet du mouvement universel, et puisque son mouvement est dialectique, il faut que la loi d'évolution de l'univers lui-même soit dialectique. Ce qui explique et justifie l'emploi de termes tels que contradiction, affirmation, négation, à propos de phénomènes naturels.

7. La dialectique est constructive (grâce notamment à la troisième « loi »). L'évolution de l'univers est donc elle-même ascendante et constructive. Sa plus haute expression est la société humaine, la conscience, la pensée, produits nécessaires de cette évolution.

8. Par l'accent mis sur l'essence évolutive des structures de l'univers, le matérialisme dialectique dépasse radicalement le matérialisme du XVIII^e^ siècle qui, fondé sur la logique classique, ne savait reconnaître que des interactions mécaniques entre objets supposés invariants et demeurait donc incapable de penser l'évolution.

On peut certes contester cette reconstitution, nier

qu'elle corresponde à la pensée authentique de Marx et Engels. Mais cela est somme toute secondaire. L'influence d'une idéologie tient à la signification qui en demeure dans l'esprit de ses adeptes et qu'en donnent les épigones. D'innombrables textes prouvent que la reconstitution proposée est légitime, comme représentant au moins la « vulgate » du matérialisme dialectique. Je ne citerai qu'un texte, très significatif en ce que son auteur était un illustre biologiste moderne, J.B.S. Haldane. Il écrit, dans sa préface à la traduction anglaise de la *Dialectique de la Nature* :

« Le marxisme considère la science sous deux aspects. En premier lieu, les marxistes étudient la science parmi les autres activités humaines. Ils montrent comment l'activité scientifique d'une société dépend de l'évolution de ses besoins, donc de ses méthodes de production que la science à son tour modifie, ainsi que l'évolution de ses besoins. Mais en second lieu, Marx et Engels ne se bornaient pas à analyser les modifications de la société. Dans la *Dialectique*, ils découvrent les lois générales du changement, non seulement dans la société et dans la pensée humaine, mais dans le monde extérieur, *reflété par la pensée humaine*. Ce qui revient à dire que la dialectique peut être appliquée à des problèmes de science « pure » aussi bien qu'aux relations sociales de la science. »

Le monde extérieur « reflété par la pensée humaine » : tout est là, en effet. La logique de l'inversion exige évidemment que ce reflet soit beaucoup plus qu'une transposition plus ou moins fidèle du monde extérieur. Il est indispensable, pour le matérialisme dialectique, que le « Ding an sich », la chose ou le phénomène en soi, parvienne jusqu'au niveau de la conscience sans altération ni appauvrissement, sans qu'aucune sélection ait été opérée parmi ses propriétés. Il faut que le monde extérieur soit littéralement présent à la conscience dans l'intégrité totale de ses structures et de son mouvement [1].

A cette conception sans doute pourrait-on opposer certains textes de Marx lui-même. Il n'en reste pas moins qu'elle est indispensable à la cohérence logique du matérialisme dialectique, comme les épigones, sinon Marx et Engels eux-mêmes, l'ont bien vu. N'oublions pas, d'ailleurs, que le matérialisme dialectique est une addition relativement tardive à l'édifice socio-économique déjà érigé par Marx. Addition clairement destinée à faire du matérialisme historique une « science » fondée sur les lois de la nature elle-même.

L'exigence radicale du « parfait miroir » explique l'acharnement des dialecticiens matérialistes à répudier toute espèce d'épistémologie critique qui sera désormais immédiatement qualifiée d'« idéaliste » et de « kantienne ». On peut certes comprendre dans

1. Citons aussi le texte suivant, d'Henri Lefebvre (*Le Matérialisme dialectique,* PUF, Paris, 1949, p. 92) : « La dialectique, loin d'être un mouvement intérieur de l'esprit, est réelle avant l'esprit, dans l'être. Elle s'impose à l'esprit. Nous analysons d'abord le mouvement le plus simple et le plus abstrait ; celui de la pensée la plus dépouillée. Nous découvrons ainsi les catégories les plus générales et leur enchaînement. Il nous faut ensuite rattacher ce mouvement au mouvement concret, au *contenu donné* ; nous prenons conscience alors du fait que le mouvement du contenu et de l'être s'élucide pour nous dans les lois dialectiques. Les contradictions dans la pensée ne viennent pas seulement de la pensée, de son impuissance ou de son incohérence définitives ; elles viennent aussi du contenu. Leur enchaînement tend vers l'expression du *mouvement total du contenu* et l'élève au niveau de la conscience et de la réflexion. »

une certaine mesure cette attitude, de la part d'hommes du XIX^e siècle, contemporains de la première grande explosion scientifique. Il pouvait bien paraître alors que l'homme, grâce à la science, fût en train de s'emparer directement de la nature, de s'en approprier la substance même. Personne, par exemple, ne doutait que la gravitation ne fût une loi de la nature elle-même, saisie dans son intimité profonde.

**nécessité d'une épistémologie critique**

Comme on sait, c'est par un retour aux sources, aux sources mêmes de la connaissance, que le second âge de la science, celle du XX^e siècle, devait être préparé. Dès la fin du XIX^e siècle, la nécessité absolue d'une épistémologie critique redevient évidente, comme condition même de l'objectivité de la connaissance. Ce ne sont plus désormais les seuls philosophes qui se livrent à cette critique, mais les hommes de science qui sont conduits à l'incorporer dans la trame théorique elle-même. C'est à cette condition que pouvaient se développer la théorie de la relativité et la mécanique quantique.

D'autre part, les progrès de la neurophysiologie et de la psychologie expérimentale commencent à nous révéler quelques-uns au moins des aspects du fonctionnement du système nerveux. Assez pour qu'il soit évident que le système nerveux central ne peut, et sans doute ne doit, livrer à la conscience qu'une information codifiée, transposée, encadrée dans des normes préétablies : pour tout dire assimilée et non pas simplement restituée.

La thèse du pur reflet, du parfait miroir qui n'inverserait même pas l'image, nous paraît donc aujourd'hui plus insoutenable que jamais. Mais à la vérité il n'était pas nécessaire d'attendre les développements de la science du XX^e siècle pour qu'apparaissent les confusions et non-sens auxquels cette thèse ne pouvait manquer de conduire. Pour éclairer la lanterne du pauvre M. Dühring qui les dénonçait déjà, Engels lui-même a proposé de nombreux exemples de l'interprétation dialectique des phénomènes naturels. On se rappelle le célèbre exemple du grain d'orge donné comme illustration de la troisième loi : « Si un grain d'orge trouve les conditions qui lui sont normales, une transformation spécifique s'opère en lui sous l'influence de la chaleur et de l'humidité, il germe : le grain disparaît en tant que tel, il est nié, remplacé par la plante née de lui, négation du grain. Mais quelle est la carrière normale de cette plante ? Elle croît, fleurit, se féconde et produit de nouveaux grains d'orge, et aussitôt que ceux-ci sont mûrs, la tige dépérit, elle est niée pour sa part. Comme résultat de cette négation de la négation, nous avons derechef le grain d'orge du début, non pas simple, mais en nombre dix, vingt, trente fois plus grand... »

**faillite épistémologique du matérialisme dialectique**

« Il en va de même, ajoute Engels un peu plus loin, en mathématiques : prenons une grandeur algébrique quelconque, par exemple a. Nions-la, nous avons -a. Nions cette négation en multipliant -a par -a, nous avons $a^2$, c'est-à-dire la grandeur positive primitive, mais à un degré supérieur... », etc.

Ces exemples illustrent surtout l'ampleur du désastre épistémologique qui résulte de l'usage « scientifique » des interprétations dialectiques. Les dialecticiens matérialistes modernes évitent en général de tomber dans de pareilles niaiseries. Mais faire de la contradiction dialectique la « loi fondamentale » de tout mouvement, de toute évolution, ce n'en est pas moins tenter de systématiser une interprétation subjective de la nature qui permette de découvrir en elle un projet ascendant, constructif, créateur ; de la rendre enfin déchiffrable, et moralement signifiante. C'est la « projection animiste », toujours reconnaissable, quels qu'en soient les déguisements.

Interprétation non seulement étrangère à la science, mais incompatible avec elle, ainsi qu'il est apparu chaque fois que les dialecticiens matérialistes, sortant du pur verbiage « théorique », ont voulu éclairer les voies de la science expérimentale à l'aide de leurs conceptions. Engels lui-même (qui cependant avait de la science de son temps une connaissance profonde) avait été conduit à rejeter, au nom de la Dialectique, deux des plus grandes découvertes de son temps : le deuxième principe de la thermodynamique et (malgré son admiration pour Darwin) l'interprétation purement sélective de l'évolution. C'est en vertu des mêmes principes que Lénine attaquait, avec quelle violence, l'épistémologie de Mach ; que Jdanov plus tard ordonnait aux philosophes russes de s'en prendre « aux diableries kantiennes de l'école de Copenhague » ; que Lyssenko accusait les généticiens de soutenir une théorie radicalement incompatible avec le matérialisme dialectique, donc nécessairement fausse. Malgré les dénégations des généticiens russes, Lyssenko avait parfaitement raison. La théorie du gène comme déterminant héréditaire invariant au travers des générations, et même des hybridations, est en effet tout à fait inconciliable avec les principes dialectiques. C'est par définition une théorie idéaliste, puisqu'elle repose sur un postulat d'invariance. Le fait qu'on connaisse aujourd'hui la structure du gène et le mécanisme de sa reproduction invariante n'arrange rien, car la description qu'en donne la biologie moderne est purement mécanistique. Il s'agit donc encore, au mieux, d'une conception relevant du « matérialisme vulgaire », mécaniciste, et par conséquent « objectivement idéaliste », ainsi que l'a noté M. Althusser dans son sévère commentaire de ma Leçon inaugurale au Collège de France.

*
* *

J'ai passé en revue brièvement, et très incomplètement, ces diverses idéologies ou théories. On peut penser que j'en donne une image déformée, parce que partielle. Je tenterai de m'en justifier en soulignant que je ne cherchais ici qu'à dégager ce que ces conceptions admettent, ou impliquent, en ce qui concerne la biologie et plus spécialement la relation qu'elles supposent entre invariance et téléonomie. On a vu que toutes, sans exception, font d'un principe téléonomique initial le moteur de l'évolution, soit de la biosphère seule, soit de l'univers entier. Aux yeux de la théorie scientifique moderne toutes ces conceptions sont erronées, et cela pas seulement pour des raisons de méthode (parce qu'elles impliquent d'une manière ou d'une autre l'abandon du postulat d'objectivité), mais pour des raisons de fait, qui seront discutées notamment dans le chapitre 6.

**l'illusion anthropocentriste**

A la source de ces erreurs, il y a bien sûr l'illusion anthropocentriste. La théorie héliocentrique, la notion d'inertie, le principe d'objectivité ne pouvaient suffire à dissiper cet ancien mirage. La théorie de l'évolution, loin d'abord de faire disparaître l'illusion, semblait lui conférer une nouvelle réalité en faisant de l'homme non plus le centre, mais l'héritier de tout temps attendu, naturel, de l'univers entier. Dieu enfin pouvait mourir, remplacé par ce nouveau et grandiose mirage. L'ultime dessein de la Science désormais sera de formuler une théorie unifiée qui, fondée sur un petit nombre de principes, rendra compte de la réalité entière, y compris la biosphère et l'homme. C'est à cette certitude exaltante que se nourrissait le progressisme scientiste du XIXe siècle. Théorie unifiée que les dialecticiens matérialistes croyaient en fait avoir déjà formulée.

C'est parce qu'il lui paraissait attenter à la certitude que l'homme et la pensée humaine sont les produits nécessaires d'une ascendance cosmique, qu'Engels est conduit à nier formellement le deuxième principe. Il est significatif qu'il le fasse dès l'introduction à la *Dialectique de la Nature* et qu'il associe directement ce thème à une prédication cosmologique passionnée par laquelle il promet sinon à l'espèce humaine, du moins au « cerveau pensant », un éternel retour. Retour en effet à l'un des plus anciens mythes de l'humanité [1].

1. « Nous arrivons donc à la conclusion que, d'une façon qu'il appartiendra aux savants de l'avenir de mettre en lumière, la chaleur rayonnée dans l'espace doit nécessairement avoir la possibilité de se convertir en une autre forme de mouvement, sous laquelle elle peut derechef se concentrer et redevenir active. Ainsi tombe la difficulté essentielle qui s'opposait à la reconversion de soleils morts en nébuleuse incandescente. [...]

« Mais, quelle que soit la fréquence et quelle que soit l'inexorable rigueur avec lesquelles ce cycle s'accomplit dans le temps et dans l'espace ; quel que soit le nombre des millions de soleils et de terres qui naissent et périssent ; si longtemps qu'il faille pour que, dans un système solaire, les conditions de la vie organique s'établissent, ne fût-ce

Il fallut attendre la seconde moitié du XX^e^ siècle pour que le nouveau mirage anthropocentriste enté sur la théorie de l'évolution lui aussi s'évanouisse. Nous pouvons, je crois, affirmer aujourd'hui qu'une théorie universelle, si entiers que seraient ses succès par ailleurs, ne pourrait jamais contenir la biosphère, sa structure, son évolution en tant que phénomènes *déductibles* des premiers principes.

**la biosphère : événement singulier non déductible des premiers principes**

Cette proposition peut paraître obscure. Cherchons à l'éclairer. Une théorie universelle devrait évidemment envelopper à la fois la relativité, la théorie des quanta, une théorie des particules élémentaires. Pourvu que certaines conditions initiales puissent être formulées, elle contiendrait également une cosmologie qui prévoirait l'évolution générale de l'Univers. Nous savons cependant que (contrairement à ce que croyait Laplace, et après lui la science et la philosophie « matérialiste » du XIX^e^ siècle) ces prévisions ne pourraient être que statistiques. La théorie contiendrait, sans doute, la classification périodique des éléments, mais ne pourrait déterminer que la probabilité d'existence de chacun d'entre eux. De même elle

que sur une seule planète ; si innombrables les êtres organiques qui doivent d'abord apparaître et périr avant qu'il sorte de leur sein des animaux avec un cerveau capable de penser et qu'ils trouvent pour un court laps de temps des conditions propres à leur vie, pour être ensuite exterminés eux aussi sans merci, — nous avons la certitude que, dans toutes ses transformations, la matière reste éternellement la même, qu'aucun de ses attributs ne peut jamais se perdre et que, par conséquent, si elle doit sur terre exterminer un jour, avec une nécessité d'airain, sa floraison suprême, l'esprit pensant, il faut avec la même nécessité que quelque part ailleurs et à une autre heure elle le reproduise. » Engels, *Dialectique de la Nature,* traduction Bottigelli, Editions sociales, Paris, 1952, p. 45-46.

prévoirait l'apparition d'objets tels que des galaxies ou des systèmes planétaires, mais elle ne pourrait en aucun cas déduire de ses principes l'existence nécessaire de tel objet, de tel événement, de tel phénomène particulier, qu'il s'agisse de la nébuleuse d'Andromède, de la planète Vénus, du mont Everest ou de l'orage d'hier au soir. D'une manière générale, la théorie prévoirait l'existence, les propriétés, les relations de certaines *classes* d'objets ou d'événements, mais ne pourrait évidemment prévoir l'existence, ni les caractères distinctifs d'aucun objet, d'aucun événement *particulier*.

La thèse que je présenterai ici, c'est que la biosphère ne contient pas une classe prévisible d'objet ou de phénomènes, mais constitue un événement particulier, compatible certes avec les premiers principes, mais *non déductible* de ces principes. Donc essentiellement imprévisible.

Qu'on m'entende bien. En disant que les êtres vivants, en tant que classe, sont non prévisibles à partir des premiers principes, je n'entends nullement suggérer qu'ils ne sont pas *explicables* selon ces principes, qu'ils les transcendent en quelque manière, et que d'autres principes, à eux seuls applicables, dussent être invoqués. La biosphère est à mes yeux imprévisible au même titre, ni plus ni moins, que la configuration particulière d'atomes qui constituent ce caillou que je tiens dans ma main. Nul ne reprocherait à une théorie universelle de ne pas affirmer et prévoir l'existence de cette configuration particulière d'atomes ; il nous suffit que cet objet actuel, unique et réel, soit *compatible* avec la théorie. Cet objet n'a pas, selon la théorie, le devoir d'exister, mais il en a le droit.

Cela nous suffit, s'agissant du caillou, mais non de nous-mêmes. Nous nous voulons nécessaires, inévitables, ordonnés de tout temps. Toutes les religions, presque toutes les philosophies, une partie même de la science, témoignent de l'inlassable, héroïque effort de l'humanité niant désespérément sa propre contingence.

# 3

# Les démons de Maxwell

La notion de téléonomie implique l'idée d'une activité *orientée, cohérente* et *constructive*. Par ces critères, les protéines doivent être considérées comme les agents moléculaires essentiels des performances téléonomiques des êtres vivants.

**les protéines comme agents moléculaires de la téléonomie structurale et fonctionnelle**

1. Les êtres vivants sont des machines chimiques. La croissance et la multiplication de tous les organismes exigent que soient accomplies des milliers de réactions chimiques grâce à quoi sont élaborés les constituants essentiels des cellules. C'est ce qu'on appelle le « métabolisme ». Ce métabolisme est organisé en un grand nombre de « voies », divergentes, convergentes ou cycliques, comprenant chacune une séquence de réactions. L'orientation précise et le rendement élevé de cette énorme et microscopique activité chimique sont assurés par une certaine classe de protéines, les enzymes, jouant le rôle de catalyseurs spécifiques.

2. Telle une machine, tout organisme y compris le plus « simple » constitue une unité fonctionnelle cohérente et intégrée. De toute évidence, la cohérence fonctionnelle d'une machine chimique aussi complexe, et en outre autonome, exige l'intervention d'un système cybernétique gouvernant et contrôlant l'activité chimique en de nombreux points. On est loin encore, surtout chez les organismes supérieurs, d'avoir élucidé la structure entière de ces systèmes. On en connaît

cependant aujourd'hui de très nombreux éléments, et dans tous ces cas il s'avère que les agents essentiels en sont des protéines dites « régulatrices » qui jouent en somme le rôle de détecteurs de signaux chimiques.

3. L'organisme est une machine qui se construit elle-même. Sa structure macroscopique ne lui est pas imposée par l'intervention de forces extérieures. Elle se constitue de façon autonome, grâce à des interactions constructives internes. Encore que nos connaissances concernant la mécanique du développement soient plus qu'insuffisantes, on peut cependant, dès maintenant, affirmer que les interactions constructives sont microscopiques, moléculaires, et que les molécules en cause sont essentiellement, sinon uniquement, des protéines.

Ce sont des protéines, par conséquent, qui canalisent l'activité de la machine chimique, assurent la cohérence de son fonctionnement et la construisent. Toutes ces performances téléonomiques des protéines reposent en dernière analyse sur leurs propriétés dites « stéréospécifiques », c'est-à-dire leur capacité de « reconnaître » d'autres molécules (y compris d'autres protéines) d'après leur *forme,* qui est déterminée par leur structure moléculaire. Il s'agit, littéralement, d'une propriété discriminative (sinon « cognitive ») microscopique. On peut admettre que toute performance ou structure téléonomique d'un être vivant, quelle qu'elle soit, peut en principe être analysée en termes d'interactions stéréospécifiques d'une, de plusieurs, ou de très nombreuses protéines [1].

1. Il y a là une simplification délibérée. Certaines structures de l'ADN jouent un rôle qu'il faut considérer comme téléonomique. En outre certains ARN (acides ribonucléiques)

C'est de la structure, de la forme d'une protéine donnée que dépend la discrimination stéréospécifique particulière qui constitue sa fonction. Dans la mesure où l'on saurait décrire l'origine et l'évolution de cette structure on rendrait compte aussi de l'origine et de l'évolution de la performance téléonomique à laquelle elle est vouée.

Dans le présent chapitre, on discutera la fonction catalytique spécifique des protéines, dans le suivant, la fonction régulatrice et dans le chapitre 5, la fonction constructrice. Le problème de l'origine des structures fonctionnelles sera abordé dans ce chapitre et repris dans le suivant.

On peut en effet étudier les propriétés fonctionnelles d'une protéine sans avoir à se référer au détail de sa structure particulière. (En fait on ne connaît encore, aujourd'hui, dans tous ses détails, la structure dans l'espace que d'une quinzaine de protéines.) Un rappel de quelques données générales est cependant nécessaire.

Les protéines sont de très grosses molécules, de poids moléculaire variant de 10 000 à 1 000 000 ou plus. Ces macromolécules sont constituées par la polymérisation séquentielle de composés de poids moléculaire environ 100, appartenant à la classe des « acides aminés ». Toute protéine contient donc de 100 à 10 000 radicaux d'acides aminés. Cependant ces très

constituent des pièces essentielles de la machinerie qui traduit le code génétique (cf. Appendices p. 238). Cependant des protéines spécifiques sont également impliquées dans ces mécanismes qui, à presque tous les stades, mettent en jeu des interactions entre protéines et acides nucléiques. L'omission de toute discussion de ces mécanismes n'affecte pas l'analyse des interactions téléonomiques moléculaires et leur interprétation générale.

nombreux radicaux appartiennent à seulement 20 espèces chimiques différentes [1] qui se rencontrent chez tous les êtres vivants, des bactéries à l'homme. Cette monotonie de composition constitue l'une des plus frappantes illustrations du fait que la prodigieuse diversité des structures *macroscopiques* des êtres vivants repose en fait sur une profonde et non moins remarquable unité de composition et de structure *microscopique*. Nous y reviendrons.

Selon leur forme générale, on peut distinguer deux classes principales de protéines :

*a)* les protéines dites « fibreuses » sont des molécules très allongées qui jouent chez les êtres vivants un rôle principalement mécanique, à la manière du gréement d'un navire à voiles ; encore que les propriétés de certaines de ces protéines (celles du muscle) soient très intéressantes, nous n'en parlerons pas ici ;

*b)* les protéines dites « globulaires » sont de beaucoup les plus nombreuses et, par leurs fonctions, les plus importantes ; chez ces protéines les fibres constituées par la polymérisation séquentielle des amino-acides sont repliées sur elles-mêmes, de façon extrêmement complexe, conférant ainsi à ces molécules une structure compacte, pseudo-globulaire [2].

Les êtres vivants, même les plus simples, contiennent un très grand nombre de protéines différentes. On peut estimer ce nombre à 2 500 $\pm$ 500, pour la bactérie *Escherichia coli* ($5.10^{-13}$ g en poids et 2µ de longueur, environ). Pour les animaux supérieurs, tels que l'homme, on peut avancer le chiffre d'un million comme ordre de grandeur.

***

1. Voir Appendices, p. 230. — 2. Voir Appendices, p. 232.

Parmi les milliers de réactions chimiques qui contribuent au développement et aux performances d'un organisme, chacune est provoquée électivement par une protéine-enzyme particulière. On peut, en ne simplifiant qu'à peine, admettre que chaque enzyme, dans l'organisme, n'exerce son activité catalytique qu'en un seul point du métabolisme. C'est avant tout par leur extraordinaire *électivité* d'action que les enzymes se distinguent des catalyseurs non biologiques employés au laboratoire ou dans l'industrie. Parmi ces derniers il en est de très actifs, c'est-à-dire capables en très faible quantité d'accélérer considérablement diverses réactions. Aucun de ces catalyseurs cependant n'approche l'enzyme le plus « vulgaire » en spécificité d'action.

**les protéines-enzymes comme catalyseurs spécifiques**

Cette spécificité est double :

1. chaque enzyme ne catalyse qu'un seul type de réaction ;

2. parmi les corps, parfois très nombreux dans l'organisme, susceptibles de subir ce type de réaction, l'enzyme, en règle générale, n'est actif qu'à l'égard d'un seul. Quelques exemples permettront d'éclairer ces propositions.

Il existe un enzyme (appelé fumarase) qui catalyse l'hydratation (addition d'eau) de l'acide fumarique en acide malique :

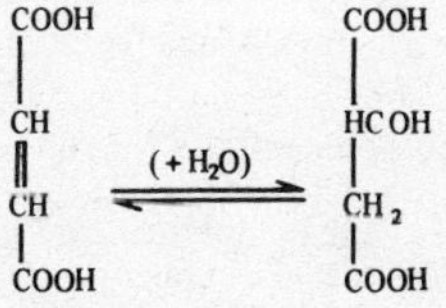


(Ac. fumarique) (Ac. malique)

Cette réaction est réversible et le même enzyme catalyse également la déshydratation de l'acide malique en acide fumarique.

Il existe cependant un isomère géométrique de l'acide fumarique, l'acide maléique :

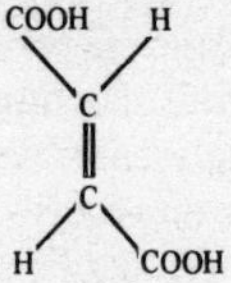

(Ac. fumarique)

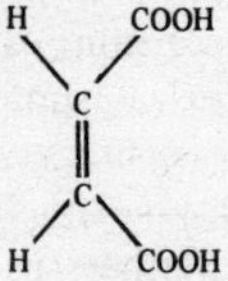

(Ac. maléique)

capable chimiquement de subir la même hydratation. L'enzyme est totalement inactif à l'égard du second.

Mais en outre il existe deux isomères *optiques* de l'acide malique, qui possède un carbone asymétrique [1] :

Ces deux corps, images dans une glace l'un de l'autre, sont chimiquement équivalents et pratiquement inséparables par les techniques chimiques classiques.

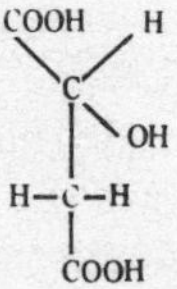

(Ac. L-malique)

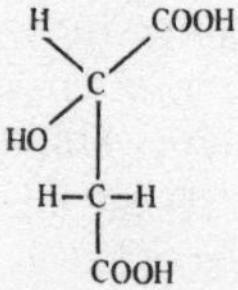

(Ac. D-malique)

1. Les corps comprenant un atome de carbone lié à quatre groupements différents sont de ce fait dépourvus de symétrie. On les dit « optiquement actifs » car la traversée de tels corps par la lumière polarisée fait subir au plan de polarisation une rotation vers la gauche (corps lévogyres : L) ou vers la droite (corps dextrogyres : D).

Entre les deux, cependant, l'enzyme exerce une discrimination absolue. En effet :

1. l'enzyme déshydrate exclusivement l'acide L-malique, pour produire exclusivement l'acide fumarique ;

2. à partir d'acide fumarique, l'enzyme produit exclusivement l'acide L-malique, mais non l'acide D-malique.

La discrimination rigoureuse exercée par l'enzyme entre les isomères optiques ne constitue pas seulement une illustration frappante de la spécificité *stérique* des enzymes. En premier lieu on trouve là l'explication du fait, longtemps mystérieux, que parmi les nombreux constituants chimiques cellulaires qui sont dissymétriques (c'est le cas en fait de la majorité) un seul des deux isomères optiques soit, en règle générale, représenté dans la biosphère. Mais, en second lieu, selon le principe très général de Curie sur la conservation de symétrie, le fait qu'à partir d'un corps optiquement symétrique (acide fumarique) un corps dissymétrique soit obtenu impose que :

1. l'enzyme lui-même constitue la « source » de dissymétrie ; donc qu'il soit lui-même optiquement actif, ce qui est bien le cas ;

2. la symétrie initiale du substrat soit perdue au cours de son interaction avec la protéine-enzyme. Il faut donc que la réaction d'hydratation ait lieu au sein d'un « complexe » formé par une association temporaire entre l'enzyme et le substrat ; dans un tel complexe, la symétrie initiale de l'acide fumarique serait effectivement perdue.

La notion de « *complexe stéréospécifique* » comme rendant compte de la spécificité ainsi que de l'activité catalytique des enzymes est d'une importance centrale.

Nous allons y revenir après avoir discuté quelques autres exemples.

Il existe (chez certaines bactéries) un autre enzyme, appelé aspartase qui, lui aussi, agit exclusivement sur l'acide fumarique, à l'exclusion de tout autre corps, notamment de son isomère géométrique, l'acide maléique. La réaction d'« addition sur double liaison » catalysée par cet enzyme est étroitement analogue à la précédente. Cette fois, ce n'est plus une molécule d'eau, mais d'ammoniaque, qui est condensée avec l'acide fumarique, pour donner un acide aminé, l'aspartique :

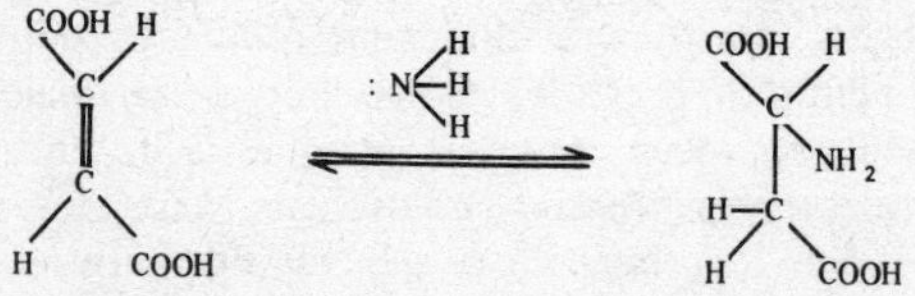

(Ac. fumarique) (Ac. L-aspartique)

L'acide aspartique possède un carbone asymétrique ; il est donc optiquement actif. Comme dans le cas précédent, la réaction enzymatique produit exclusivement l'un des isomères, celui de la série L, dit isomère « naturel » car les acides aminés entrant dans la composition des protéines appartiennent tous à la série L.

Les deux enzymes, aspartase et fumarase, discriminent donc strictement, non seulement entre les isomères optiques et géométriques de leurs substrats et produits, mais également entre les molécules d'eau et d'ammoniaque. On est conduit à admettre que ces dernières molécules entrent, elles aussi, dans la composition du complexe stéréospécifique au sein duquel se produit la réaction d'addition et que, dans ce complexe, les molécules sont rigoureusement positionnées les unes par rapport aux autres. C'est de ce positionnement que résulterait aussi bien la spécificité d'action que la stéréospécificité de la réaction.

Des exemples précédents, l'existence d'un complexe stéréospécifique comme intermédiaire de la réaction enzymatique ne pouvait être déduite qu'à titre d'hypothèse explicative. Dans certains cas favorables, il est possible de démontrer directement l'existence de ce complexe. C'est le cas pour l'enzyme appelé $\beta$-galactosidase, qui catalyse spécifiquement l'hydrolyse des corps possédant la structure donnée par la formule A ci-dessous :

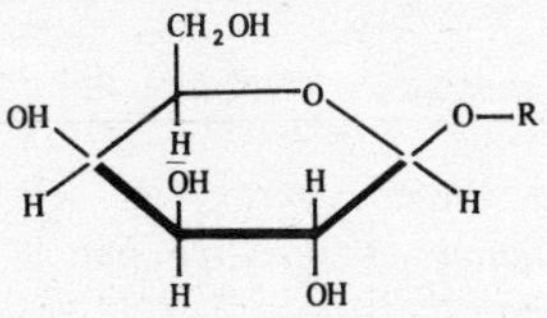

(A)

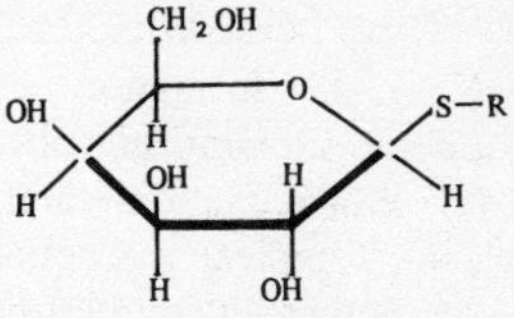

(B)

(Dans ces formules, R représente un radical quelconque.)

Rappelons qu'il existe de nombreux isomères de tels corps (16 isomères géométriques, qui diffèrent par l'orientation relative des groupements OH et H sur les carbones 1 à 5, plus les antipodes optiques de chacun de ces isomères).

L'enzyme, en fait, discrimine rigoureusement entre tous ces isomères, et n'hydrolyse qu'un seul d'entre eux. On peut cependant « tromper » l'enzyme en synthétisant des « analogues stériques » des corps de cette série, dans lesquels l'oxygène de la liaison hydrolysable est remplacé par du soufre (formule B ci-dessus). L'atome de soufre, plus gros que celui d'oxygène, est de même valence, et l'orientation des valences est la même pour les deux atomes. La *forme* tridimensionnelle de ces dérivés soufrés est donc pratiquement la même que celle de leurs homologues à oxygène. Mais la liaison formée par le soufre est beaucoup plus stable que celle de l'oxygène. Ces corps ne sont donc pas hydrolysés par l'enzyme. Cependant on peut montrer *directement* qu'ils forment avec la protéine un complexe stéréospécifique.

De telles observations non seulement confirment la théorie du complexe, mais montrent qu'une réaction enzymatique doit être considérée comme comportant deux étapes distinctes :

1. la formation d'un complexe stéréospécifique entre protéine et substrat ;

2. l'activation catalytique d'une réaction au sein du complexe ; réaction *orientée* et *spécifiée* par la structure du complexe lui-même.

Cette distinction est d'une importance capitale et va nous permettre de dégager une des notions les plus importantes de la biologie moléculaire. Mais il nous

**liaisons covalentes et non-covalentes**

faut auparavant rappeler que, parmi les différents types de liaisons qui peuvent contribuer à la stabilité d'un édifice chimique, il y a lieu de distinguer deux classes :

*a)* les liaisons dites covalentes ;

*b)* les liaisons non-covalentes.

Les liaisons covalentes (auxquelles on réserve souvent le nom de « liaison chimique » *sensu stricto)* sont dues à la mise en commun d'orbitales électroniques entre deux ou plusieurs atomes. Les liaisons non-covalentes sont dues à plusieurs autres types d'interactions (qui n'impliquent pas le partage d'orbitales électroniques).

Il n'est pas nécessaire, pour ce qui nous importe ici, de spécifier la nature des forces physiques qui interviennent dans ces différents types d'interactions. Soulignons d'abord que les deux classes de liaisons diffèrent les unes des autres par l'énergie des associations qu'elles assurent. En simplifiant quelque peu, et en précisant que nous ne considérons ici que des réactions se produisant en phase aqueuse, on peut en effet admettre que l'énergie absorbée ou libérée, en moyenne, par une réaction impliquant des liaisons covalentes, est de l'ordre de 5 à 20 kcal (par liaison). Pour une réaction impliquant uniquement des liaisons non-covalentes, l'énergie moyenne serait de 1 à 2 kcal [1].

Cette importante différence rend compte en partie de la différence de stabilité entre édifices « covalents » et « non-covalents ». L'essentiel, cependant, n'est pas là, mais dans la différence des énergies dites d'« activation » mises en jeu dans les deux types de réactions. Cette notion est d'une extrême importance. Pour la préciser, rappelons qu'une réaction faisant passer une population moléculaire d'un état stable donné à un autre doit être considérée comme comprenant un état intermédiaire, d'énergie potentielle *supérieure* à

1. Rappelons que l'énergie d'une liaison est, par définition, celle qu'il faut fournir *pour la rompre*. Mais en fait la plupart des réactions chimiques, notamment biochimiques, consistent dans *l'échange* de liaisons, plutôt qu'en leur rupture pure et simple. L'énergie mise en jeu dans une réaction est celle qui correspond à un *échange* du type :

$$AY + BX \rightarrow AX + BY$$

Elle est donc toujours inférieure à l'énergie de rupture.

celle des deux états finaux. On représente souvent ce processus par un graphique dont l'abscisse figure la progression de la réaction et l'ordonnée l'énergie potentielle (fig. 1). La différence d'énergie potentielle entre les états finaux correspond à l'énergie libérable par la réaction. La différence entre l'état initial et l'état intermédiaire (dit « activé ») est l'énergie d'activation. C'est l'énergie que les molécules doivent *transitoirement* acquérir pour entrer en réaction. Cette énergie, acquise dans une première étape, libérée dans la seconde, ne figure pas dans le bilan thermodynamique final. C'est d'elle cependant que dépend la *vitesse* de la réaction, qui sera pratiquement nulle, à température ordinaire, si l'énergie d'activation est élevée. Pour la provoquer, il faudra donc, ou bien accroître considérablement la température (dont dépend la fraction de molécules ayant acquis l'énergie suffisante), ou bien employer un catalyseur, dont le rôle est de « stabiliser » l'état activé, donc de réduire la différence de potentiel entre cet état et l'état initial.

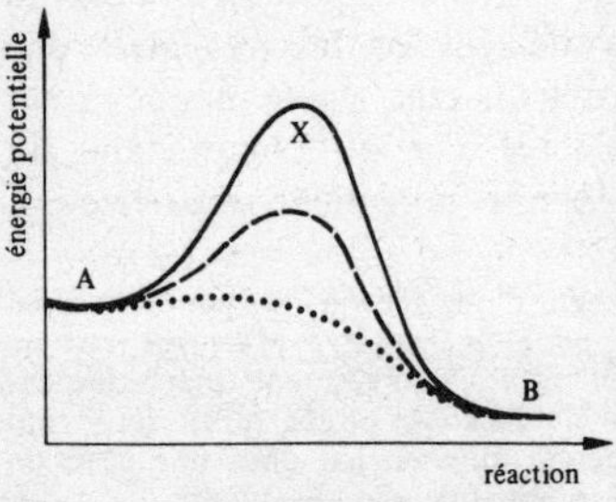


A : état stable initial.
B : état stable final.
X : état intermédiaire, d'énergie potentielle supérieure à celle des deux états stables.
*Trait plein* : réaction covalente.
*Trait interrompu* : réaction covalente en présence d'un catalyseur qui abaisse l'énergie d'activation.
*Trait pointillé* : réaction non-covalente.

*Fig. 1. Diagramme de variation de l'énergie potentielle des molécules au cours d'une réaction.*

Or, et ceci est le point important, en général :

*a)* l'énergie d'activation des réactions covalentes est élevée ; leur vitesse est donc très faible ou nulle à faible température et en l'absence de catalyseurs ;

*b)* l'énergie d'activation des réactions non-covalentes est très faible, sinon nulle ; elles se produisent donc spontanément, et *très rapidement, à faible température,* et en l'*absence de catalyseurs.*

Il en résulte que les structures définies par des interactions non-covalentes ne peuvent atteindre une certaine stabilité que si elles mettent en jeu des interactions *multiples.* En outre, les interactions non-covalentes n'acquièrent une énergie notable que lorsque les atomes sont à des distances très faibles, pratiquement « au contact » les uns des autres. Par conséquent deux molécules (ou régions de molécules) ne pourront contracter une association non-covalente que si les surfaces des deux molécules comprennent des *aires complémentaires* permettant à plusieurs atomes de l'une d'entrer en contact avec plusieurs atomes de l'autre.

**la notion de complexe stéréospécifique non-covalent**

Si on ajoute maintenant que les complexes formés entre enzyme et substrat sont de nature non-covalente, on verra pourquoi ces complexes sont *nécessairement* stéréospécifiques : ils ne peuvent se former que si la molécule d'enzyme comporte une aire exactement « complémentaire » de la forme de la molécule de substrat. On verra aussi que, dans le complexe, la molécule de substrat est nécessairement positionnée de façon très rigoureuse grâce aux multiples interactions qui l'associent à l'aire réceptrice de la molécule d'enzyme.

On verra enfin que selon le *nombre* d'interactions non-covalentes qu'il met en jeu, la stabilité d'un complexe non-covalent pourra varier dans une échelle très large. C'est là une propriété précieuse des complexes non-covalents : leur stabilité peut être exactement adaptée à la fonction remplie. Les complexes enzyme-substrat doivent pouvoir se faire et se défaire très rapidement ; c'est la condition d'une haute activité catalytique. Ces complexes sont en effet aisément et très rapidement dissociables. D'autres complexes, dont la fonction est permanente, acquièrent une stabilité du même ordre que celle d'une association covalente.

Nous n'avons discuté jusqu'à présent que de la première étape d'une réaction enzymatique : la formation du complexe stéréospécifique. L'étape catalytique elle-même, qui suit la formation du complexe, ne nous arrêtera pas longuement car elle ne pose pas de problèmes aussi profondément signifiants, du point de vue biologique, que la précédente. On admet aujourd'hui que la catalyse enzymatique résulte de l'action inductrice et polarisante de certains groupements chimiques, présents dans le « récepteur spécifique » de la protéine. Spécificité à part (due au positionnement très précis de la molécule de substrat par rapport aux groupes inducteurs), l'effet catalytique s'explique par des schémas semblables à ceux qui rendent compte de l'action des catalyseurs non biologiques (tels notamment les ions $H^+$ et $OH^-$).

La formation du complexe stéréospécifique, préludant à l'acte catalytique lui-même, peut donc être considérée comme remplissant à la fois deux fonctions :

1. le *choix* exclusif d'un substrat, déterminé par sa structure stérique ;

2. la *présentation* du substrat selon une orientation

précise qui limite et spécifie l'effet catalytique des groupes inducteurs.

La notion de complexe stéréospécifique non-covalent ne s'applique pas seulement aux enzymes ni même seulement, comme on le verra, aux protéines. Elle est d'une importance centrale pour l'interprétation de tous les phénomènes de choix, de discrimination élective, qui caractérisent les êtres vivants et leur donnent l'apparence d'échapper au sort que prévoit le deuxième principe. Il est intéressant, à ce propos, de considérer à nouveau l'exemple de la fumarase.

Si on réalise l'amination de l'acide fumarique par les moyens de la chimie organique, on obtient un mélange des deux isomères optiques de l'acide aspartique. L'enzyme, en revanche, catalyse exclusivement la formation d'acide L-aspartique. De ce fait, il apporte une information correspondant exactement à un choix binaire (puisqu'il y a deux isomères). On voit là, au niveau le plus élémentaire, comment l'information structurale peut être créée et distribuée chez les êtres vivants. L'enzyme possède bien entendu, dans la structure de son récepteur stéréospécifique, l'information correspondant à ce choix. Mais l'énergie nécessaire à l'*amplification* de cette information ne vient pas de l'enzyme : pour orienter la réaction exclusivement selon l'un des deux chemins possibles, l'enzyme utilise le potentiel chimique constitué par la solution d'acide fumarique. Toute l'activité de synthèse des cellules, si complexe soit-elle, est, en dernière analyse, interprétable dans les mêmes termes.

***

Ces phénomènes, prodigieux par leur complexité et leur efficacité dans l'accomplissement d'un programme fixé à l'avance, imposent évidemment l'hypothèse qu'ils sont guidés par l'exercice de fonctions en quelque sorte « cognitives ». C'est une telle fonction que Maxwell attribuait à son démon microscopique.

**le démon de Maxwell**

On se souvient que ce démon, posté à l'orifice de communication entre deux enceintes remplies d'un gaz quelconque, était supposé manœuvrer sans consommation d'énergie une trappe idéale lui permettant d'interdire le passage de certaines molécules d'une enceinte à l'autre. Le démon pouvait donc « choisir » de ne laisser passer dans un sens que les molécules rapides (de haute énergie) et dans l'autre seulement les molécules lentes (de faible énergie). Le résultat en était que, des deux enceintes primitivement à la même température, l'une se réchauffait tandis que l'autre se refroidissait, tout cela sans consommation apparente d'énergie. Pour imaginaire que fût cette expérience, elle ne laissa pas d'embarrasser les physiciens : il semblait en effet que, *par l'exercice de sa fonction cognitive,* le démon eût le pouvoir de violer le second principe. Et comme cette fonction cognitive ne paraissait ni mesurable, ni même définissable du point de vue physique, le « paradoxe » de Maxwell semblait devoir échapper à toute analyse en termes opérationnels.

La clé du paradoxe fut donnée par Léon Brillouin, s'inspirant d'un travail antérieur de Szilard : il démontra que l'exercice de ses fonctions cognitives par le démon devait *nécessairement* consommer une certaine quantité d'énergie qui, dans le bilan de l'opération, compensait précisément la diminution d'entropie du système. En effet, pour que le démon ferme la trappe « en connaissance de cause », il faut qu'au préalable il ait *mesuré* la vitesse de chaque particule de gaz. Or, toute mesure, c'est-à-dire toute *acquisition d'information,* suppose une interaction par elle-même consommatrice d'énergie.

Ce célèbre théorème est l'une des sources des conceptions modernes relatives à l'équivalence entre l'information et l'entropie négative. Ce théorème nous intéresse ici en ce que les enzymes exercent précisément, à l'échelle microscopique, une fonction créatrice d'ordre. Mais cette création d'ordre, comme nous l'avons vu, n'est pas gratuite ; elle a lieu aux dépens d'une consommation de potentiel chimique. Les enzymes en définitive fonctionnent exactement à la manière du démon de Maxwell corrigé par Szilard et Brillouin, drainant le potentiel chimique dans les voies choisies par le programme dont ils sont les exécutants.

Retenons la notion essentielle développée dans ce chapitre : c'est grâce à leur capacité de former, avec d'autres molécules, des complexes *stéréospécifiques* et *non-covalents,* que les protéines exercent leurs fonctions « démoniaques ». Les chapitres suivants illustreront l'importance centrale de cette notion clé, que l'on retrouvera comme interprétation ultime des propriétés les plus distinctives des êtres vivants.

# 4
# Cybernétique microscopique

En vertu même de son extrême spécificité, un enzyme « classique » (tel que ceux qui ont été pris comme exemple au chapitre précédent) constitue une unité fonctionnelle totalement indépendante. La fonction « cognitive » de ces « démons » se borne à la reconnaissance de leur substrat spécifique, à l'exclusion de tout autre corps comme de tout événement qui puisse se produire dans la machinerie chimique de la cellule.

La simple inspection d'un schéma résumant les connaissances actuelles sur le métabolisme cellulaire suffirait à nous faire deviner que si même, à chaque étape, l'enzyme qui en a la charge accomplit sa tâche à la perfection, la somme totale de ces activités ne pourrait conduire qu'au chaos si elles n'étaient pas, en quelque manière, asservies les unes aux autres pour former un système cohérent. Or on a par ailleurs les preuves les plus manifestes de l'efficacité extrême de la machinerie chimique des êtres vivants, des plus « simples » aux plus « complexes ».

**cohérence fonctionnelle de la machinerie cellulaire**

Chez les animaux on connaît bien entendu depuis longtemps l'existence de systèmes assurant la coordination à grande échelle des performances de l'organisme. Telles sont les fonctions du système nerveux et du système endocrine. Ces systèmes assurent la coordination entre organes ou tissus, c'est-à-dire, en définitive, *entre cellules*. Qu'au sein de chaque cellule un réseau cybernétique presque aussi complexe (sinon plus encore) assure la cohérence fonctionnelle de la machinerie chimique intracellulaire, c'est là ce qu'ont révélé des recherches qui datent, pour la plupart, des vingt sinon des cinq ou dix dernières années.

On est très loin encore d'avoir analysé dans son entier le système qui gouverne le métabolisme, la croissance et la division des cellules les plus simples que l'on connaisse, les bactéries. Mais, grâce à l'analyse détaillée de certaines parties de ce système, on comprend assez bien aujourd'hui les principes de son fonctionnement. C'est de ces principes que nous discuterons dans le présent chapitre. Nous verrons que les opérations cybernétiques élémentaires sont assurées par des protéines spécialisées, jouant le rôle de détecteurs et intégrateurs d'information chimique.

**protéines régulatoires et logique des régulations**

Parmi ces protéines régulatrices, les mieux connues aujourd'hui sont des enzymes dits « allostériques ». Ces enzymes constituent une classe particulière, en raison des propriétés qui les distinguent des enzymes « classiques ». Comme ces derniers, les enzymes allostériques reconnaissent en s'y associant un substrat spécifique, et activent sa conversion en produits. Mais en outre, ces enzymes ont la propriété de reconnaître électivement un ou plusieurs *autres* composés dont l'association (stéréospécifique) avec la protéine a pour effet de modifier, c'est-à-dire, selon les cas, d'*accroître* ou d'*inhiber son activité à l'égard du substrat*.

La fonction régulatrice, coordinatrice, des interactions de ce type (dites interactions allostériques) est aujourd'hui prouvée par d'innombrables exemples. On peut classer ces interactions en un certain nombre de « modes régulatoires », d'après les relations existant entre la réaction considérée et l'origine métabolique des « effecteurs allostériques » qui l'asservissent. Les principaux modes régulatoires sont les suivants (Fig. 2).

1. *Inhibition rétroactive :* l'enzyme qui catalyse la première réaction d'une séquence aboutissant à un métabolite essentiel (constituant des protéines ou des acides nucléiques, par exemple [1]) est inhibé par le produit ultime de la séquence. La concentration intracellulaire de ce métabolite gouverne donc la vitesse de sa propre synthèse.

2. *Activation rétroactive :* l'enzyme est activé par un produit de dégradation du métabolite ultime. Ce cas est fréquent pour les métabolites dont le potentiel chimique élevé constitue une monnaie d'échange dans le métabolisme. Ce mode de régulation contribue donc à maintenir à un niveau prescrit le potentiel chimique disponible.

3. *Activation en parallèle :* le premier enzyme d'une séquence métabolique conduisant à un métabolite essentiel est activé par un métabolite synthétisé par une séquence indépendante et parallèle. Ce mode de régulation contribue à ajuster réciproquement les concentrations de métabolites appartenant à une même famille et destinés à s'assembler dans l'une des classes de macromolécules.

4. *Activation par un précurseur :* l'enzyme est activé par un corps qui est un précurseur plus ou moins lointain de son substrat immédiat. Ce mode de

1. On appelle « métabolite » tout corps produit par le métabolisme ; « métabolites essentiels » les corps universellement requis pour la croissance et la multiplication des cellules.

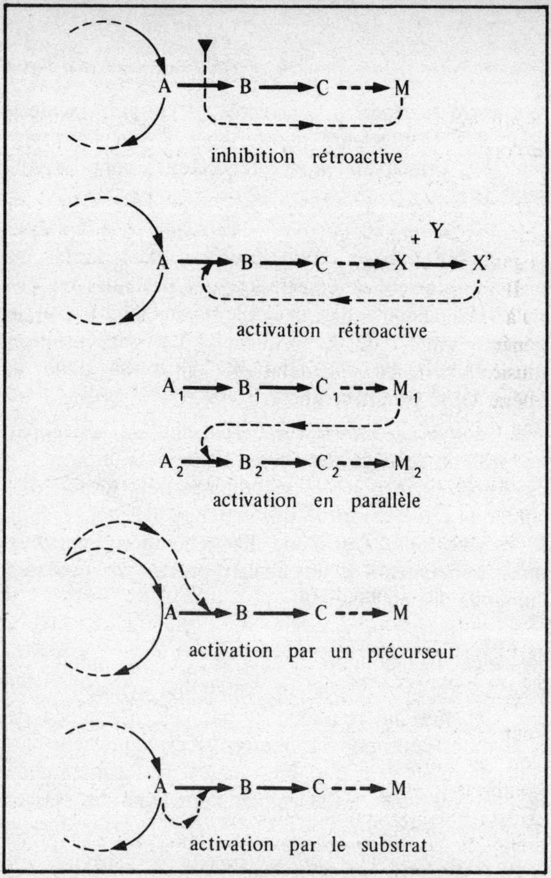


*Fig. 2. Divers « modes régulatoires » assurés par des interactions allostériques.*

Les flèches en trait plein symbolisent des réactions produisant des corps intermédiaires (notés A, B, etc.). La lettre M représente la métabolite terminal, aboutissement de la séquence de réactions. Le trait pointillé indique l'origine et le point d'application d'un métabolite agissant comme effecteur allostérique, inhibiteur ou activateur d'une réaction (voir texte p. 89).

régulation asservit en somme la « demande » à « l'offre ». Un cas particulier, extrêmement fréquent, de ce mode régulatoire, est l'activation de l'enzyme par le substrat lui-même qui joue à la fois son rôle « classique » et celui d'effecteur allostérique à l'égard de l'enzyme.

Il est rare qu'un enzyme allostérique ne soit sujet qu'à un seul de ces modes de régulation. En règle générale ces enzymes sont simultanément asservis à plusieurs effecteurs allostériques, antagonistes ou coopératifs. Une situation fréquemment rencontrée est une régulation « ternaire » comprenant :

1. activation par le substrat (mode 4) ;
2. inhibition par le produit ultime de la séquence (mode 1) ;
3. activation en parallèle par un métabolite de la même famille que le produit ultime (mode 3).

L'enzyme reconnaît donc les trois effecteurs simultanément, « mesure » leurs concentrations relatives, et son activité à tout instant représente la sommation de ces trois informations.

Pour illustrer le raffinement de ces systèmes, on peut mentionner par exemple les modes de régulation des voies métaboliques « branchées » qui sont nombreuses (Fig. 3). Dans ces cas, en général, non seulement les réactions initiales, situées à la fourche métabolique, sont réglées par inhibition rétroactive, mais la réaction initiale de la branche commune est gouvernée par les deux (ou plusieurs) métabolites finaux à la fois [1]. Le danger de blocage de la synthèse

1. E.R. Stadtman, *Advances in Enzymology, 28,* 41-159 (1966).
G.N. Cohen, *Current Topics in Cellular Regulation, 1,* 183-231 (1969).

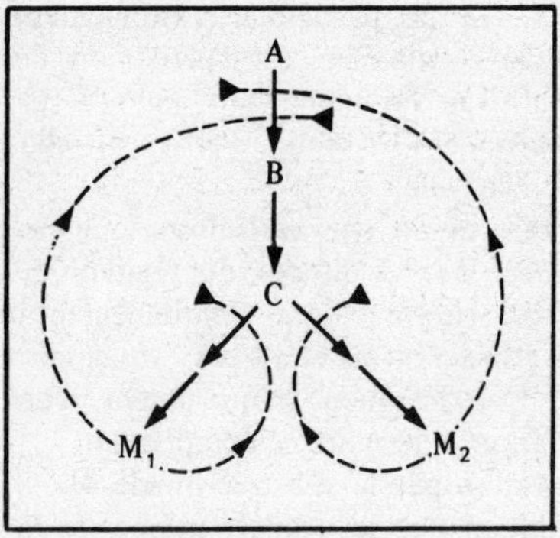


*Fig. 3. Régulation allostérique des voies métaboliques branchées.*

Même symbolique que dans la figure 2 (voir texte p. 91).

d'un des métabolites par un excès de l'autre est évité, suivant les cas, de deux façons différentes :

1. soit en affectant à cette unique réaction deux enzymes allostériques distincts, chacun inhibé par l'un des métabolites à l'exclusion de l'autre ;

2. soit avec un seul enzyme qui n'est inhibé que de façon « concertée » par les deux métabolites à la fois, mais non par un seul d'entre eux.

Il faut insister sur le fait que, substrat à part, les effecteurs qui règlent l'activité d'un enzyme allostérique ne participent en rien à la réaction elle-même. En général ils ne forment avec l'enzyme qu'un complexe non-covalent, entièrement et instantanément réversible, d'où ils sont libérés sans aucune modification. La consommation d'énergie correspondant à l'interaction régulatrice est pratiquement nulle : elle ne représente qu'une fraction infime du potentiel chimique intracellulaire des effecteurs. En revanche la réaction catalytique gouvernée par ces interactions très faibles peut, elle, impliquer des transferts d'énergie relativement considérables. Ces systèmes sont donc comparables à ceux qu'on emploie dans des circuits électroniques d'automation où l'énergie très faible consommée par un relais pourra déclencher une opération considérable, telle que, par exemple, la mise à feu d'une fusée balistique.

* * *

De même qu'un relais électronique peut être asservi simultanément à plusieurs potentiels électriques, de même, comme on l'a vu, un enzyme allostérique l'est, en général, à plusieurs potentiels chimiques. Mais l'analogie va plus loin encore. Comme on sait,. il y a généralement intérêt à ce que la réponse d'un relais électronique soit *non linéaire* par rapport aux variations du potentiel qui le gouverne. On obtient ainsi des effets de seuil assurant une régulation plus précise. Il en est de même dans le cas de la plupart des enzymes allostériques. Le graphique représentant la variation d'activité d'un tel enzyme en fonction de la concentration d'un effecteur (y compris le substrat) est presque toujours « sigmoïdal ». En d'autres termes, l'effet du ligand [1] croît d'abord *plus vite que*

1. On donne le nom de « ligand » à un corps caractérisé comme tendant à se *lier* à un autre.

*sa concentration.* Cette propriété est d'autant plus remarquable qu'elle semble caractéristique des enzymes allostériques. Chez les enzymes ordinaires, ou « classiques », l'effet croît toujours *plus lentement* que la concentration.

Je ne sais quel pourrait être le poids minimum d'un relais électronique présentant les mêmes propriétés logiques qu'un enzyme allostérique moyen (mesure et sommation de trois ou quatre potentiels, commandant une réponse avec effet de seuil). Mettons $10^{-2}$ gramme comme ordre de grandeur. Le poids d'une molécule d'un enzyme allostérique capable des mêmes performances est de l'ordre de $10^{-17}$ gramme. Soit un million de milliards de fois moins que le relais électronique. Ce nombre astronomique donne quelque idée de la « puissance cybernétique » (c'est-à-dire téléonomique) dont peut disposer une cellule pourvue de quelques centaines ou milliers d'espèces de ces êtres microscopiques, bien plus intelligents encore que le démon de Maxwell-Szilard-Brillouin.

La question est de savoir comment ces performances complexes sont accomplies par ce relais moléculaire que constitue une protéine allostérique. On admet aujourd'hui, sur la foi d'un ensemble de faits expérimentaux, que les interactions allostériques sont dues à des transitions discrètes de structure moléculaire de la protéine elle-même. Nous verrons dans le prochain chapitre que la structure compliquée et compacte d'une protéine globulaire est stabilisée par de très nombreuses liaisons *non-covalentes* qui, ensemble, coopèrent au maintien de la structure. On conçoit alors qu'à certaines protéines, deux (ou plusieurs) états structuraux soient accessibles (de même que certains corps peuvent exister dans différents états

**mécanisme des interactions allostériques**

allotropes). On symbolise souvent les deux états en question, et la « transition allostérique » qui fait passer la molécule réversiblement de l'un à l'autre de la manière suivante :

(R) (T)

Ceci posé, on admet (et on démontre directement dans les cas favorables) qu'en raison des structures *stériques* différentes des deux états, les propriétés de reconnaissance stéréospécifiques de la protéine sont modifiées par la transition. Par exemple dans l'état « R », la protéine pourra s'associer à un ligand α, mais non à un autre ligand β qui, lui, sera reconnu (à l'exclusion d'α) par l'état « T ». La présence d'un des ligands aura donc pour effet de stabiliser l'un des états aux dépens de l'autre, et l'on voit qu'α et β seront antagonistes l'un de l'autre, puisque leurs associations respectives avec la protéine sont mutuellement exclusives. Supposons maintenant un troisième ligand γ (qui pourrait être le substrat) s'associant exclusivement avec la forme R, en une région de la molécule autre que celle où se fixe α. On voit que α et γ coopéreront à la stabilisation de la protéine dans l'état actif (celui qui reconnaît le substrat). Le ligand α et le substrat γ agiront donc comme activateurs, le ligand β comme inhibiteur. L'activité d'une population de molécules sera proportionnelle à la fraction d'entre elles qui seront dans l'état R, fraction qui dépend évidemment de la concentration relative des trois ligands, ainsi que de la valeur de l'équilibre intrinsèque entre R et T. C'est ainsi que la réaction catalytique se trouvera asservie aux valeurs de ces trois potentiels chimiques.

Insistons maintenant sur la notion de beaucoup la plus importante qu'implique ce schéma : à savoir que les interactions coopératives ou antagonistes des trois ligands sont *totalement indirectes. Il n'y a pas, en fait, d'interactions entre les ligands eux-mêmes, mais exclusivement entre la protéine et chacun d'entre eux séparément.* Nous reviendrons plus loin sur cette notion fondamentale, hors laquelle il semble impossible de comprendre l'origine et le développement des systèmes cybernétiques chez les êtres vivants [1].

A partir de ce schéma d'interactions indirectes, il est possible de rendre compte également du subtil perfectionnement que représente la réponse « non linéaire » de la protéine aux variations de concentration de ses effecteurs. Toutes les protéines allostériques connues sont en effet des « oligomères », composés par l'association non-covalente de sous-unités (protomères) chimiquement identiques, en petit nombre (souvent 2 ou 4 ; plus rarement 6, 8 ou 12). Chaque protomère porte un récepteur pour chacun des ligands que la protéine reconnaît. Du fait de son association avec un ou plusieurs autres protomères, la structure stérique de chacun est partiellement « contrainte » par ses voisins. Mais la théorie, confirmée par l'expérience des cristallographes, montre que les protéines oligomériques tendent à adopter des

1. J. Monod, J.-P. Changeux, et F. Jacob, *Journal of Molecular Biology*, 6, p. 306-329 (1963).

structures telles que tous les protomères soient géométriquement équivalents ; les contraintes qu'ils subissent sont donc distribuées symétriquement entre les protomères.

Prenons maintenant le cas le plus simple, celui d'un dimère : envisageons ce qu'entraîne sa dissociation en deux monomères ; on voit que la rupture de l'association va permettre aux deux monomères d'adopter un état « relâché », structuralement différent de celui auquel chacun était « contraint » à l'état associé.

Nous dirons que le changement d'état des deux protomères est « concerté ». C'est cette concertation qui rend compte de la non-linéarité de réponse ; en effet la stabilisation par une molécule de ligand de l'état dissocié R chez un des monomères interdit le retour de l'autre à l'état associé, et il en est de même dans le sens inverse. L'équilibre entre les deux états sera une fonction quadratique de la concentration des ligands. Ce serait une fonction puissance quatre pour un tétramère, et ainsi de suite [1].

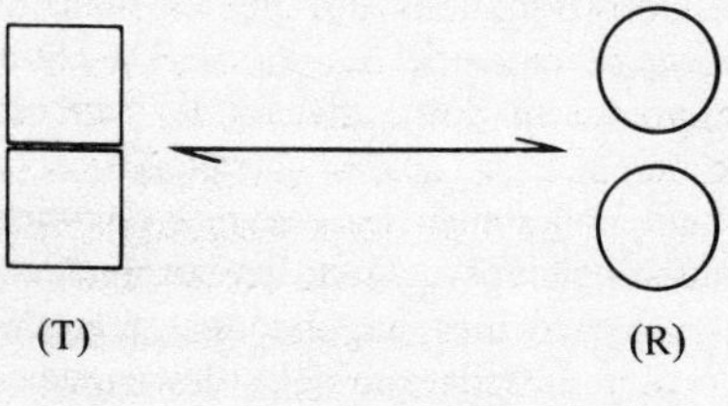


1. J. Monod, J. Wyman, et J.-P. Changeux, *Journal of Molecular Biology*, 12, p. 88-118 (1965).

J'ai volontairement traité uniquement le modèle le plus simple possible, effectivement réalisé par certains systèmes qu'il y a lieu de considérer comme « primitifs ». Dans les systèmes réels, la dissociation n'est que rarement complète : les protomères demeurent associés dans les deux états, quoique de façon plus lâche dans l'un d'entre eux.

De nombreuses variations sont d'ailleurs possibles sur ce thème de base, mais l'essentiel était de montrer que des mécanismes moléculaires extrêmement simples en eux-mêmes permettent de rendre compte des propriétés « intégratives » des protéines allostériques.

*
* *

Les enzymes allostériques cités jusqu'à présent constituent à la fois une unité de fonction chimique et un élément médiateur d'interactions régulatrices. Leurs propriétés permettent de comprendre comment l'état homéostatique du *métabolisme cellulaire* est conservé au maximum d'efficacité et de cohérence.

**régulation de la synthèse des enzymes**

Mais on entend par « métabolisme » essentiellement les transformations des petites molécules et la mobilisation du potentiel chimique. La chimie cellulaire comprend un autre niveau de synthèse : celle des macromolécules, acides nucléiques et protéines (comprenant notamment les enzymes eux-mêmes). On sait depuis longtemps qu'à ce niveau également fonctionnent des systèmes régulateurs. L'étude en est beaucoup plus difficile que celle des enzymes allostériques, et en fait un seul d'entre eux a pu, jusqu'à présent, être à peu près entièrement analysé. On le prendra comme exemple.

Ce système (dit « système Lactose ») gouverne la synthèse de trois protéines chez la bactérie *Escherichia coli*. L'une de ces protéines (la galactoside-perméase) permet aux galactosides [1] de pénétrer et de s'accumuler à l'intérieur des cellules, dont la membrane, en l'absence de cette protéine, est imperméable à ces sucres. Une seconde protéine hydrolyse les $\beta$-galactosides (voir chapitre 3). La fonction de la troisième protéine est mal comprise, sans doute mineure. Les deux premières en revanche sont toutes deux simultanément indispensables à l'utilisation métabolique du lactose (et autres galactosides) par les bactéries.

Lorsque celles-ci croissent dans un milieu dépourvu de galactosides, les trois protéines sont synthétisées à un taux à peine mesurable, correspondant à une molécule toutes les cinq générations en moyenne. Presque immédiatement (en deux minutes environ) après l'addition d'un galactoside (dit en l'occurrence « inducteur ») au milieu, le taux de synthèse des trois protéines augmente d'un facteur 1000, et se maintient à cette valeur tant que l'inducteur est présent. Si l'inducteur est retiré, le taux de synthèse retombe à sa valeur initiale en l'espace de deux à trois minutes.

Les conclusions de l'analyse de ce phénomène merveilleusement et quasi miraculeusement téléonomique [2] sont résumées par le schéma de la figure 4. On se dispensera ici de discuter la partie droite du schéma qui représente les opérations de synthèse de

1. Voir chapitre 3, p. 75.
2. Le chercheur finlandais Karstrom, qui avait dans les années 30 apporté des contributions notables à l'étude de ces phénomènes, a par la suite abandonné la recherche, pour se faire moine paraît-il.

l'ARN « messager » et sa « traduction » en séquences polypeptidiques. Retenons seulement que le messager ayant une vie assez courte (de l'ordre de quelques minutes), c'est son taux de synthèse qui détermine le taux de synthèse des trois protéines. Nous nous intéres-

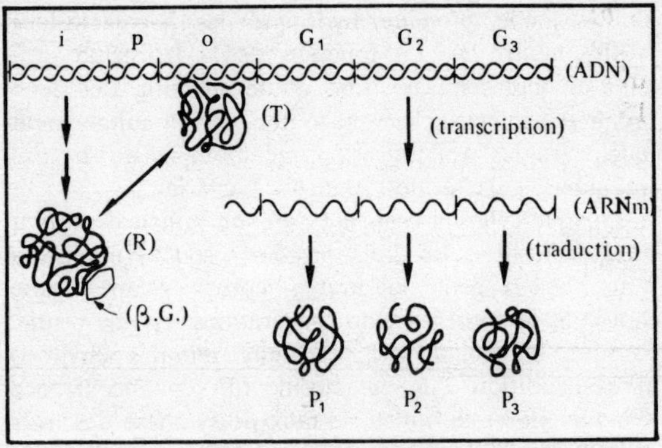


***Fig. 4. Régulation de la synthèse des enzymes du « système Lactose ».***

R : Protéine-répresseur, dans l'état associé au galactoside inducteur, représenté par un hexagone.
T : Protéine-répresseur dans l'état associé au segment opérateur (o) de l'ADN.
i : « Gène régulateur » gouvernant la synthèse du répresseur.
p : Segment « promoteur », point de départ de la synthèse de l'ARN messager (ARNm).
$G_1$, $G_2$, $G_3$, : Gènes de « structure » gouvernant la synthèse des trois protéines du système, notées $P_1$, $P_2$, $P_3$. (Voir texte p. 100.)

sons essentiellement aux composants du système régulateur. Ceux-ci comprennent :

— le gène « régulateur » (i)
— la protéine-répresseur (R)
— le segment « opérateur » (o) de l'ADN

— le segment « promoteur » (p) de l'ADN
— une molécule de galactoside inducteur ($\beta$G).

Le fonctionnement est le suivant :

*a)* le gène régulateur dirige la synthèse, à taux constant et très faible, de la protéine-répresseur ;

*b)* le répresseur reconnaît spécifiquement le segment opérateur auquel il s'associe en un complexe très stable (correspondant à un $\Delta$F de quelque 15 kcal) ;

*c)* dans cet état la synthèse du messager (impliquant l'intervention de l'enzyme ARN-polymérase) est bloquée, vraisemblablement par simple empêchement stérique, le démarrage de cette synthèse ayant lieu obligatoirement au niveau du promoteur ;

*d*) le répresseur reconnaît également les $\beta$-galactosides, mais ne s'y associe fermement qu'à l'*état libre* ; en présence de $\beta$-galactosides, par conséquent, le complexe opérateur-répresseur se dissocie, permettant la synthèse du messager, donc des protéines [1].

Il faut souligner que les deux interactions du répresseur sont non-covalentes et réversibles, et que l'inducteur, notamment, n'est pas modifié par son association avec le répresseur. Ainsi, la logique de ce système est d'une extrême simplicité : le répresseur inactive la transcription ; il est à son tour inactivé par l'inducteur. De cette double négation résulte un effet positif, une « affirmation ». On peut remarquer que la logique de cette négation de la négation n'est

1. F. Jacob et J. Monod, *Journal of Molecular Biology*, 8, p. 318-356 (1961). Cf. également "The lactose operon", Cold Spring Harbor Monograph (1970), J.R. Beckwith et David Zipser Ed.

pas dialectique : elle n'aboutit pas à une proposition nouvelle, mais à la simple réitération de la proposition originale, écrite dans la structure de l'ADN, conformément au code génétique. La logique des systèmes biologiques de régulation n'obéit pas à celle de Hegel, mais à l'algèbre de Boole, comme celle des calculatrices.

On connaît aujourd'hui (chez les bactéries) un grand nombre de systèmes analogues à celui-ci. Aucun d'entre eux n'a été, jusqu'à présent, entièrement « démonté ». Il semble très probable cependant que la logique de certains de ces systèmes soit plus compliquée que celle du « système Lactose », ne comportant notamment pas exclusivement des interactions négatives. Mais les notions les plus générales et les plus signifiantes que l'on peut tirer de l'analyse du « système Lactose » sont valables aussi pour ces autres systèmes. Ces notions sont les suivantes :

*a)* Le répresseur, dépourvu par lui-même de toute activité, est un pur médiateur (transducteur) de signaux chimiques.

*b)* L'effet du galactoside sur la synthèse de l'enzyme est totalement indirect, dû exclusivement aux propriétés de reconnaissance du répresseur et au fait que deux états, exclusifs l'un de l'autre, lui sont accessibles. Il s'agit donc bien d'une interaction allostérique au sens du schéma général discuté plus haut.

*c)* Il n'y a aucune relation *chimiquement nécessaire* entre le fait que la $\beta$-galactosidase hydrolyse les $\beta$-galactosides, et le fait que sa biosynthèse soit induite par les mêmes corps. Physiologiquement utile, « rationnelle », cette relation est chimiquement arbitraire. Nous la dirons « gratuite ».

Cette notion fondamentale de ***gratuité***, c'est-à-dire d'indépendance chimique entre la fonction elle-même et la nature des signaux chimiques auxquels elle est asservie, s'applique aux enzymes allostériques. Dans ce cas, une seule et même molécule de protéine remplit à la fois la fonction catalytique spécifique et la fonction régulatrice. Mais, comme on l'a vu, les interactions allostériques sont indirectes, dues exclusivement aux propriétés différentielles de reconnaissance stéréospécifique de la protéine dans les deux (ou plusieurs) états qui lui sont accessibles. Entre le substrat d'un enzyme allostérique et les ligands qui activent ou inhibent son activité, il n'existe aucune relation *chimiquement nécessaire* de structure ou de réactivité. La spécificité des interactions est en définitive indépendante de la structure des ligands : elle est due entièrement à celle de la protéine dans les divers états qui lui sont accessibles, structure à son tour librement, arbitrairement *dictée* par celle d'un gène.

**la notion de gratuité**

Il en résulte, et c'est là le point fondamental, qu'en fait de régulation par l'intermédiaire d'une protéine allostérique *tout est possible*. Une protéine allostérique doit être considérée comme un produit spécialisé d'« engineering » moléculaire, permettant à une interaction, positive ou négative, de s'établir entre des corps dépourvus d'affinité chimique et ainsi d'asservir une réaction quelconque à l'intervention de composés chimiquement étrangers et indifférents à cette réaction. Le principe opératoire des interactions allostériques autorise donc une entière liberté dans le « choix » des asservissements qui, échappant à toute contrainte chimique, pourront d'autant mieux n'obéir qu'aux contraintes physiologiques en vertu desquelles elles seront sélectionnées selon le surcroît de cohérence et d'efficacité qu'elles confèrent à la cellule ou à l'organisme. C'est en définitive la *gratuité* même de ces systèmes qui, ouvrant à l'évolution moléculaire un champ pratiquement infini d'exploration et d'expériences, lui a permis de construire l'immense réseau d'interconnexions cybernétiques qui font d'un organisme une unité fonctionnelle autonome, dont les performances paraissent transcender les lois de la chimie, sinon leur échapper.

En fait, comme on l'a vu, lorsque ces performances sont analysées à l'échelle microscopique, moléculaire, elles apparaissent entièrement interprétables en termes d'interactions chimiques spécifiques, électivement assurées, librement choisies et organisées par des protéines régulatrices ; et c'est dans la structure de ces molécules qu'il faut voir la source ultime de l'autonomie, ou plus exactement de l'autodétermination qui caractérise les êtres vivants dans leurs performances.

Les systèmes que nous avons étudiés jusqu'ici sont de ceux qui coordonnent l'activité de la cellule et en font une unité fonctionnelle. Chez les organismes pluricellulaires, des systèmes spécialisés assurent la coordination entre cellules, tissus ou organes : il s'agit non seulement du système nerveux et du système endocrine, mais aussi des interactions directes entre cellules. Je n'aborderai pas ici l'analyse du fonctionnement de ces systèmes qui échappe encore, presque entièrement, à la description microscopique. Nous admettrons cependant l'hypothèse que, dans ces systèmes, les interactions moléculaires qui assurent la transmission et l'interprétation des signaux chimiques sont dues à des protéines douées de propriétés de reconnaissance stéréospécifiques différentielles, auxquelles s'applique le principe essentiel de gratuité chimique, tel qu'il se dégage de l'étude des interactions allostériques proprement dites.

*
* *

« holisme » et réductionnisme

Il y aurait peut-être lieu, pour conclure ce chapitre, de revenir sur l'ancienne dispute entre « réductionnistes » et « organicistes ». On sait que certaines écoles de pensée (toutes plus ou moins consciemment ou confusément influencées par Hegel) entendent contester la valeur de l'approche *analytique* lorsqu'il s'agit de systèmes aussi complexes que les êtres vivants. Selon ces écoles (« organicistes » ou « holistes ») qui, tel le phénix, renaissent à chaque génération [1], l'attitude analytique, qualifiée de « réductionniste » serait à jamais stérile, comme prétendant ramener purement et simplement les propriétés d'une organisation très complexe à la « somme » de celles de ses parties. C'est là une très mauvaise et très stupide querelle, qui témoigne seulement, chez les « holistes », d'une profonde méconnaissance de la méthode scientifique et du rôle essentiel qu'y joue l'analyse. Peut-on seulement concevoir qu'un ingénieur martien, voulant interpréter le fonctionnement d'une calculatrice terrienne, puisse parvenir à un résultat quelconque s'il se refusait, par principe, à disséquer les composants électroniques de base qui effectuent les opérations de l'algèbre propositionnelle ? S'il est un domaine de la

1. Cf. *Beyond Reductionism,* Koestler et Smythies, Ed. Hutchinson, Londres, 1969.

biologie moléculaire qui illustre plus que d'autres la stérilité des thèses organicistes par opposition à la puissance de la méthode analytique, c'est bien l'étude de cette cybernétique microscopique brièvement entrevue au cours de ce chapitre.

L'analyse des interactions allostériques montre tout d'abord que les performances téléonomiques ne sont pas l'apanage exclusif de systèmes complexes, à composants multiples, puisqu'*une* molécule de protéine se montre déjà capable, non seulement d'activer électivement une réaction, mais de régler son activité en fonction de *plusieurs* informations chimiques.

Nous voyons, en second lieu, grâce à la notion de gratuité, comment et pourquoi ces interactions régulatrices moléculaires, échappant aux contraintes chimiques, ont pu être sélectivement choisies en raison exclusivement de leur participation à la cohérence du système.

L'étude de ces systèmes microscopiques nous révèle enfin que la complexité, la richesse et la puissance du réseau cybernétique, chez les êtres vivants, dépassent de très loin ce que l'étude des seules performances globales des organismes pourrait jamais laisser entrevoir. Et même alors que ces analyses sont loin encore de fournir une description complète du système cybernétique de la cellule la plus simple, elles révèlent que toutes les activités, sans exception, qui concourent à la croissance et à la multiplication de cette cellule sont, directement ou non, asservies les unes aux autres.

C'est sur de telles bases, mais non sur celle d'une vague « théorie générale des systèmes [1] », qu'il nous

1. Von Bertalanfy, in Koestler, *loc. cit.*

devient possible de comprendre en quel sens, très réel, l'organisme transcende en effet, tout en les observant, les lois physiques pour n'être plus que poursuite et accomplissement de son propre projet.

# 5

# Ontogénèse moléculaire

Les êtres vivants, par leurs structures macroscopiques comme par leurs fonctions, sont, nous l'avons vu, étroitement comparables à des machines. Ils en diffèrent radicalement, en revanche, par leur mode de construction. Une machine, un artefact quelconque, doit sa structure macroscopique à l'action de forces extérieures, d'outils agissant sur une matière pour lui imposer une forme. C'est le ciseau du sculpteur qui dégage du marbre les formes d'Aphrodite ; mais la déesse, elle, est née de l'écume des flots (fécondés par l'organe sanglant d'Ouranos) d'où son corps s'est épanoui de lui-même, par lui-même.

Je voudrais, dans ce chapitre, montrer que ce processus de morphogénèse spontanée et autonome repose en dernière analyse sur les propriétés de reconnaissance stéréospécifique des protéines ; qu'il est donc d'ordre microscopique, avant de se manifester dans des structures macroscopiques. Nous chercherons, en conclusion, dans les structures primaires des protéines le « secret » de ces propriétés cognitives qui en font les démons de Maxwell, animateurs et constructeurs des systèmes vivants.

Il faut souligner d'abord que les problèmes que nous abordons maintenant, ceux de la mécanique du développement, posent encore à la biologie de profondes énigmes. Car si l'embryologie a fourni d'admirables descriptions du développement, on est loin encore de savoir analyser l'ontogénèse des structures macroscopiques en termes d'interactions microscopiques. En revanche, la construction de certains édifices moléculaires est aujourd'hui assez bien comprise et je voudrais montrer qu'il s'agit là d'un véritable processus « d'ontogénèse moléculaire », où se révèle l'essence physique du phénomène.

J'ai déjà eu l'occasion de rappeler que les protéines globulaires se présentent souvent sous forme d'agrégats contenant un nombre fini de sous-unités chimiquement identiques. Le nombre des sous-unités constituantes étant généralement petit, on dit que ces protéines sont des « oligomères ». Dans ces oligomères, les sous-unités (protomères) sont associées exclusivement par des liaisons non-covalentes. En outre, comme on l'a déjà vu, l'arrangement des protomères au sein d'une molécule oligomérique est tel que chacun d'entre eux est équivalent, géométriquement, à chacun des autres. Ceci entraîne nécessairement que chaque protomère puisse être converti en n'importe lequel des autres par une opération de symétrie, en fait par une rotation. On démontre aisément que les oligomères ainsi constitués possèdent les éléments de symétrie de l'un des groupes ponctuels de rotation.

Ces molécules constituent donc de véritables cristaux microscopiques, mais appartenant à une classe particulière que j'appellerai celle des « cristaux fermés » car, contrairement aux cristaux proprement dits (construits selon l'un des groupes de l'espace), ils ne peuvent pas croître sans acquérir de nouveaux éléments de symétrie, tout en perdant (en général) certains de ceux qu'ils possédaient.

Nous avons déjà vu, enfin, que certaines propriétés

fonctionnelles de ces protéines sont associées à leur état oligomérique comme à leur structure symétrique. La construction de ces édifices microscopiques, pose donc un problème biologiquement signifiant, autant que physiquement intéressant.

**l'association spontanée des sous-unités dans les protéines oligomériques**

Comme les protomères, dans une molécule oligomérique, ne sont associés que par des liaisons non-covalentes, il est souvent possible, par des traitements très modérés (n'impliquant pas, par exemple, le recours à des températures élevées ou à des agents chimiques agressifs) de les dissocier en unités monomériques. Dans cet état, la protéine a en général perdu toutes ses propriétés fonctionnelles, catalytiques ou régulatrices. Or, et c'est là le point important, lorsque les conditions initiales « normales » sont restituées (par élimination de l'agent dissociant) on constate en général que les agrégats oligomériques se reforment spontanément, avec restauration complète de l'état « natif » : même nombre de protomères, même symétrie, accompagnée de la réapparition intégrale des propriétés fonctionnelles.

En outre, la réassociation de sous-unités appartenant à une même espèce protéinique ne se produit pas seulement dans une solution contenant cette seule protéine. Elle a lieu, tout aussi bien, dans des mélanges complexes contenant des centaines sinon des milliers d'autres protéines. Preuve qu'il y a là, une fois de plus, un processus de reconnaissance d'une extrême spécificité, évidemment dû à la formation de complexes stériques non-covalents associant les protomères entre eux. Processus qu'il est légitime de considérer comme *épigénétique* [1], puisque à partir

1. On sait que l'apparition de structures et de propriétés nouvelles au cours du développement embryonnaire a été

d'une solution de molécules monomériques, dépourvues de toute symétrie, des molécules plus grosses et d'un degré d'ordre supérieur sont apparues qui ont, du même coup, acquis des propriétés fonctionnelles, auparavant totalement absentes.

L'essentiel, pour ce qui nous intéresse ici, est le caractère *spontané* de ce processus d'épigénèse moléculaire. Spontané en deux sens :

1. Le potentiel chimique nécessaire à la formation des oligomères n'a pas à être injecté dans le système : on doit considérer qu'il est présent dans la solution de monomères.

2. Thermodynamiquement spontané, le processus l'est également cinétiquement : aucun catalyseur n'est requis pour l'activer. Ceci évidemment grâce au fait que les liaisons contractées sont non-covalentes. Nous avons déjà souligné l'extrême importance du fait que la formation, comme la rupture, de telles liaisons ne met en jeu que des énergies d'activation quasi nulles.

**structuration spontanée de particules complexes**

Un tel phénomène est étroitement comparable à la formation de cristaux moléculaires à partir d'une solution des molécules constituantes. Là aussi il y a constitution spontanée d'ordre, par association entre elles de molécules appartenant à une même espèce

souvent qualifiée de processus « épigénétique », comme témoignant d'un enrichissement graduel de l'organisme à partir du pur donné génétique, représenté par l'œuf initial. L'adjectif est souvent employé en référence à des théories, aujourd'hui dépassées, qui opposaient les « préformationnistes » (qui croyaient que l'œuf recelait une miniature de l'animal adulte) aux épigénétistes (qui croyaient à un enrichissement *réel* de l'information initiale). J'emploie ici ce terme pour qualifier, sans référence à aucune théorie, tout processus de développement structural et fonctionnel.

chimique. L'analogie est d'autant plus évidente que, dans les deux cas, on voit se former des structures ordonnées selon des règles géométriques simples et répétitives. Mais on a pu montrer récemment que certains organites cellulaires de structure beaucoup plus complexe sont également les produits d'un assemblage spontané. C'est le cas des particules appelées ribosomes, qui sont des composants essentiels du mécanisme de traduction du code génétique, c'est-à-dire de la synthèse des protéines. Ces particules, dont le poids moléculaire atteint $10^6$, sont constituées par l'assemblage de quelque cinquante protéines distinctes ainsi que de trois types différents d'acides nucléiques. Encore que l'agencement exact de ces différents constituants au sein d'un ribosome ne soit pas connu, il est certain que l'organisation en est extrêmement précise et que l'activité fonctionnelle de la particule en dépend. Or, à partir des constituants dissociés des ribosomes, on assiste à la reconstitution spontanée, *in vitro,* de particules de même composition, de même poids moléculaire, possédant la même activité fonctionnelle que le matériel « natif » initial [1].

Sans doute cependant, l'exemple le plus spectaculaire que l'on connaisse aujourd'hui de construction spontanée d'un édifice moléculaire complexe, est-il celui de certains bactériophages [2]. La structure compliquée et très précise du bactériophage T4 correspond à la fonction de cette particule qui n'est pas seulement de protéger le génome (c'est-à-dire l'ADN) du virus, mais de s'attacher à la paroi de la cellule-hôte pour

1. M. Nomura, « Ribosomes », *Scientific American,* 221, 28 (1969).

2. On appelle « bactériophages » les virus qui s'attaquent aux bactéries.

y injecter, à la manière d'une seringue, son contenu d'ADN. Les différentes pièces de cette machinerie microscopique de précision peuvent être obtenues séparément à partir de différents mutants du virus. Mélangées *in vitro,* elles s'assemblent *spontanément* pour reconstituer des particules identiques aux normales, et pleinement capables d'exercer leur fonction de seringue à ADN [1].

Toutes ces observations sont relativement récentes, et on peut s'attendre à des progrès importants dans ce domaine de recherches, aboutissant à la reconstitution *in vitro* d'organites cellulaires de plus en plus complexes, tels que des mitochondries ou des membranes, par exemple. Les quelques cas passés ici en revue suffisent cependant à illustrer le processus par lequel des structures complexes, auxquelles sont attachées des propriétés fonctionnelles, sont construites par l'assemblage stéréospécifique, *spontané,* de leurs constituants protéiniques. Il y a « apparition » d'ordre, différenciation structurale, acquisition de fonctions à partir d'un mélange désordonné de molécules individuellement dépourvues de toute activité, de toute propriété fonctionnelle intrinsèque autre que de reconnaître les partenaires avec lesquels elles vont constituer la structure. Et si on ne peut plus, pour les ribosomes ou les bactériophages, parler de cristallisation, puisque ces particules sont d'un degré de complexité, c'est-à-dire d'ordre, très supérieur à celui qui caractérise un cristal, il n'en reste pas moins qu'en dernière analyse les interactions chimiques mises en jeu sont de même nature que celles qui construisent

1. R.S. Edgar et W.B. Wood. « Morphogenesis of bacteriophage $T_4$ in extracts of mutant infected cells », *Proceedings of the National Academy of Science,* 55, 498 (1966).

un cristal moléculaire. Comme dans un cristal, c'est la structure même des molécules assemblées qui constitue la source d'« information » pour la construction de l'ensemble. L'essence de ces processus épigénétiques consiste donc en ceci que l'organisation d'ensemble d'un édifice multimoléculaire complexe était contenue en puissance dans la structure de ses constituants, mais ne se révèle, ne devient *actuelle* que par leur assemblage.

Cette analyse, on le voit, réduit à une dispute verbale, dénuée de tout intérêt, l'ancienne querelle des préformationnistes et des épigénétistes. La structure achevée n'était nulle part, en tant que telle, préformée. Mais le plan de la structure était présent dans ses constituants eux-mêmes. Elle peut donc se réaliser de façon autonome et spontanée, sans intervention extérieure, sans injection d'information nouvelle. L'information était présente, mais inexprimée, dans les constituants. La construction épigénétique d'une structure n'est pas une *création,* c'est une *révélation.*

***

**morphogénèse microscopique et morphogénèse macroscopique**

Que cette conception, directement fondée sur l'étude de la formation d'édifices microscopiques puisse et doive également rendre compte de l'épigénèse des structures macroscopiques (tissus, organes, membres, etc.), c'est ce dont les biologistes modernes ne doutent pas, tout en reconnaissant qu'il s'agit d'une extrapolation à laquelle manquent encore les vérifications directes. Ces problèmes se posent en effet à une tout autre échelle, non seulement en dimensions, mais en complexité. Les interactions constructives les plus importantes à cette échelle ont lieu non pas entre composants moléculaires, mais entre cellules. On a pu montrer que des cellules isolées d'un même tissu sont effectivement capables de se reconnaître entre elles, différentiellement, et de se rassembler. Cependant on ignore encore quels sont les composants ou les structures qui identifient les cellules les unes par rapport aux autres. Tout porte à croire qu'il s'agit de structures caractéristiques des membranes cellulaires. Mais on ne sait si ces éléments de reconnaissance sont des structures moléculaires prises individuellement ou des réseaux multimoléculaires de surface [1]. Quoi qu'il en soit, et même s'il s'agit de réseaux qui ne seraient pas constitués exclusivement de protéines, la structure de tels réseaux aurait nécessairement, en dernière analyse, été déterminée par les propriétés de reconnaissance de leurs constituants protéiniques, ainsi que par celles des enzymes responsables de la biosynthèse des autres composants du réseau (polysaccharides ou lipides, par exemple).

Il est donc possible que les propriétés « cognitives » des cellules ne soient pas la manifestation directe des facultés discriminatives de quelques protéines, mais n'expriment ces facultés que par des voies fort détournées. Il n'en reste pas moins que la construction d'un tissu ou la différenciation d'un organe, phénomènes macroscopiques, doivent être considérées comme la résultante intégrée d'interactions microscopiques multiples dues à des protéines, et reposant sur leurs

1. J.-P. Changeux, in « Symmetry and function in biological systems at the macromolecular level », A. Engström et B. Strandberg Ed., *Nobel Symposium* N° 11, p. 235-256 (1969), John Wiley and Sons Inc., New York.

propriétés de reconnaissance stéréospécifique, par formation *spontanée* de complexes non-covalents.

Mais il faut reconnaître que cette « réduction au microscopique » des phénomènes de la morphogénèse ne constitue pas, pour l'instant, une véritable théorie de ces phénomènes. Il s'agit plutôt d'une position de principe qui spécifie seulement les termes dans lesquels une telle théorie devrait être formulée pour qu'on puisse la considérer comme apportant plus qu'une simple description phénoménologique. Ce principe définit le but à atteindre, mais n'éclaire que faiblement la voie à suivre pour y parvenir. Que l'on songe au formidable problème que représente l'interprétation, à l'échelle moléculaire, du développement d'un appareil aussi complexe que le système nerveux central, dans lequel des milliards d'interconnexions spécifiques entre cellules doivent être réalisées, dont certaines à des distances relativement considérables.

Ce problème des influences, des orientations à distance, est sans doute le plus difficile et le plus important de l'embryologie. Les embryologistes, pour rendre compte notamment des phénomènes de régénération, ont introduit la notion de « champ morphogénétique » ou de « gradient ». Notion qui paraît au premier abord dépasser de loin celle d'interaction stéréospécifique à l'échelle de quelques Angström. Il reste que cette dernière est la seule à présenter un sens physique précis, et qu'il n'est nullement inconcevable que de telles interactions, multipliées et répétées de proche en proche, ne puissent créer ou définir une organisation à l'échelle millimétrique, ou centimétrique par exemple. C'est dans cette voie que s'oriente l'embryologie moderne. Il est assez vraisemblable que la notion d'interactions stéréospécifiques purement *statiques* s'avérera insuffisante pour l'interprétation du « champ » ou des gradients morphogénétiques. Il faudra l'enrichir d'hypothèses cinétiques, analogues peut-être à celles qui permettent d'interpréter les interactions allostériques. Mais je demeure convaincu, pour ma part, que seules les propriétés associatives stéréospécifiques des protéines pourront, en dernière analyse, donner la clé de ces phénomènes.

* * *

Qu'on analyse les fonctions catalytiques ou régulatrices ou épigénétiques des protéines, on est conduit à reconnaître qu'elles reposent toutes et avant tout sur les propriétés associatives stéréospécifiques de ces molécules.

Selon la conception exposée dans ce chapitre comme dans les deux précédents, toutes les performances et toutes les structures téléonomiques des êtres vivants sont, au moins en principe, analysables en ces termes. Si cette conception est adéquate — et il n'y a pas de raison de douter qu'elle le soit — il reste donc, pour résoudre le paradoxe de la téléonomie, à expliciter le mode de formation et les mécanismes d'évolution des structures associatives stéréospécifiques des protéines. Je n'envisagerai ici que le mode de formation de ces structures, réservant la question de leur évolution pour les prochains chapitres. J'espère montrer que l'analyse détaillée de ces structures moléculaires qui, en somme, recèlent le « secret » ultime de la téléonomie, conduit à des conclusions profondément signifiantes.

**structure primaire et structure globulaire des protéines**

Pour commencer, il faut rappeler que la structure

dans l'espace d'une protéine globulaire (cf. Appendices, p. 229) est déterminée par deux types de liaisons chimiques.

1. La structure dite « primaire » est constituée par une séquence topologiquement linéaire de radicaux d'amino-acides associés par des liaisons covalentes. A elles seules, ces liaisons définissent donc une structure fibreuse, extrêmement souple, et capable de prendre, en théorie, une quasi-infinité de conformations.

2. Mais la conformation dite « native » d'une protéine globulaire est en outre stabilisée par un très grand nombre d'interactions non-covalentes qui associent entre eux les radicaux d'amino-acides répartis le long de la séquence covalente topologiquement linéaire. Il en résulte que la fibre polypeptidique est repliée sur elle-même de façon très complexe, en une pelote pseudo-globulaire, compacte. Ce sont, en définitive, ces replis complexes qui déterminent la structure dans l'espace de la molécule, y compris la forme précise des aires d'association stéréospécifique par quoi la molécule exerce sa fonction de reconnaissance. C'est donc, comme on le voit, la somme, ou plutôt la coopération d'un très grand nombre d'interactions non-covalentes intramoléculaires qui stabilisent la structure fonctionnelle, celle qui permet à la protéine de former électivement des complexes stéréospécifiques (également non-covalents) avec d'autres molécules.

La question qui nous intéresse ici est l'ontogénèse, le mode de formation de cette conformation particulière, unique, à quoi est attachée la fonction cognitive d'une protéine. On a pu croire, pendant longtemps, qu'en raison de la complexité même de ces structures et du fait qu'elles sont stabilisées par des interactions non-covalentes, individuellement très labiles, un très grand nombre de conformations distinctes seraient accessibles à une même fibre polypeptidique. Mais tout un ensemble d'observations devait montrer qu'en fait une même espèce chimique (définie par la structure primaire) n'existe à l'état natif, dans les conditions physiologiquement normales, que dans une seule conformation (ou tout au plus dans un très petit nombre d'états distincts, peu distants les uns des autres, comme c'est le cas des protéines allostériques). Conformation très précisément définie, comme le prouve le fait que les cristaux de protéines donnent d'excellentes images de diffractions de rayons X, ce qui signifie que la position de la grande majorité des milliers d'atomes composant une molécule est fixée à quelques fractions d'Angström près. Remarquons d'ailleurs que cette uniformité comme cette précision de structure sont la condition même de la spécificité d'association, propriété biologiquement essentielle des protéines globulaires.

Le mécanisme de formation de ces structures est aujourd'hui assez bien compris dans son principe. On sait en effet :

1. que le déterminisme génétique des structures de protéines *spécifie exclusivement la séquence* des radicaux amino-acides correspondant à une protéine donnée ;

2. que la fibre polypeptidique ainsi synthétisée se replie *spontanément* et de façon *autonome* pour aboutir à la conformation pseudo-globulaire, fonctionnelle.

**formation des structures globulaires**

Ainsi, parmi les milliers de conformations repliées, en principe accessibles à la fibre polypeptidique, une seule est en fait choisie et réalisée. Il s'agit, comme on le voit, d'un véritable processus épigénétique, au niveau le plus simple possible, celui d'une macromolécule isolée. A la fibre déployée, des milliers de conformations sont accessibles. Elle est d'autre part dépourvue de toute activité biologique, notamment de toute capacité de reconnaissance stéréospécifique. A la forme repliée, au contraire, un seul état est accessible, qui correspond par conséquent à un niveau d'ordre très supérieur. C'est à cet état, exclusivement, qu'est attachée l'activité fonctionnelle.

L'explication de ce petit miracle d'épigénèse moléculaire est relativement simple dans son principe.

1. Dans le milieu physiologiquement normal, c'est-à-dire en phase aqueuse, les formes repliées de la protéine sont thermodynamiquement plus stables que les formes déployées. La raison de ce gain de stabilité est très intéressante ; il importe de la préciser. Parmi les radicaux amino-acides constituant la séquence, la moitié environ sont « hydrophobes », c'est-à-dire se comportent comme de l'huile dans l'eau : ils tendent à se rassembler en libérant les molécules d'eau immobilisées à leur contact. De ce fait, la protéine prend une structure compacte, immobilisant, par contact réciproque, les radicaux qui composent la fibre ; d'où, pour les protéines, un gain d'ordre (ou de néguentropie) compensé par l'expulsion de molécules d'eau, qui, *libérées,* vont accroître le désordre, c'est-à-dire l'entropie du système.

2. Parmi les différentes structures repliées accessibles à une séquence polypeptidique donnée, une seule, ou un très petit nombre d'entre elles, permettent la réalisation de la structure la plus compacte possible. Cette structure sera donc privilégiée aux dépens de toutes les autres. Disons, en simplifiant

quelque peu, que celle-là sera « choisie » qui correspond à l'expulsion d'un maximum de molécules d'eau. De toute évidence, c'est de la position relative, c'est-à-dire de la séquence des radicaux amino-acides dans la fibre (à commencer par les radicaux hydrophobes) que dépendront les différentes possibilités de réalisation de structures compactes. La conformation globulaire particulière à une protéine donnée et dont dépend son activité fonctionnelle sera donc en fait *imposée* par la séquence des radicaux dans la fibre. Cependant, et c'est là le point important, la quantité d'information qui serait nécessaire pour spécifier entièrement la structure tridimensionnelle d'une protéine est *beaucoup plus grande* que l'information définie par la séquence elle-même. Par exemple, pour un polypeptide de cent amino-acides, l'information (H) nécessaire à la définition de la séquence correspondrait à 450 bits environ ($H = \log_2 20^{100}$) alors que pour définir la structure tridimensionnelle il faudrait, à ce nombre, ajouter encore une grande quantité d'information, difficilement calculable d'ailleurs (disons 1 000 à 2 000 bits au moins).

On peut donc voir une contradiction dans le fait de dire que le génome « définit entièrement » la fonction d'une protéine, alors que cette fonction est attachée à une structure tridimensionnelle dont le contenu informatif est *plus riche* que la contribution directement apportée à cette structure par le déterminisme génétique. Cette contradiction n'a pas manqué d'être relevée par certains critiques de la théorie biologique moderne. Notamment Elsässer qui voit précisément dans le développement épigénétique des structures (macroscopiques) des êtres vivants un phénomène physiquement inexplicable, en raison de l'« enrichissement sans cause » dont il paraît témoigner.

**le faux paradoxe de l'« enrichissement » épigénétique**

Cette objection disparaît lorsqu'on examine en détail les mécanismes de l'épigénèse moléculaire : l'enrichissement d'information correspondant à la formation de la structure tridimensionnelle provient de ce que l'information génétique (représentée par la séquence) s'exprime en fait dans des conditions initiales bien définies (en phase aqueuse, entre certaines limites, étroites, de températures, composition ionique, etc.) telles que, parmi toutes les structures possibles, une seule d'entre elles est en fait réalisable. Les conditions initiales, par conséquent, contribuent à l'information finalement enfermée dans la structure globulaire, sans pour autant la spécifier, mais seulement en éliminant les autres structures possibles, proposant ainsi, ou plutôt imposant une interprétation univoque d'un message *a priori* partiellement équivoque.

* * *

Dans le processus de structuration d'une protéine globulaire, on peut donc voir à la fois l'image microscopique et la source du développement épigénétique autonome de l'organisme lui-même. Développement dans lequel on peut reconnaître plusieurs étapes ou niveaux successifs.

1. Repli des séquences polypeptidiques pour donner les structures globulaires, pourvues des propriétés associatives stéréospécifiques.

2. Interactions associatives entre protéines (ou entre protéines et certains autres constituants) pour former les organites cellulaires.

3. Interactions entre cellules, pour constituer tissus et organes.

4. A toutes ces étapes, coordination et différenciation des activités chimiques par des interactions de type allostérique.

A chacune de ces étapes des structures d'ordre supérieur et des fonctions nouvelles apparaissent qui, résultant des interactions spontanées entre produits de l'étape précédente, révèlent, comme dans un feu d'artifice à plusieurs étages, les potentialités latentes des niveaux antérieurs. Tout le déterminisme du phénomène trouve sa source en définitive dans l'information génétique représentée par la somme des séquences polypeptidiques interprétées, ou plus exactement filtrées, par les conditions initiales.

L'*ultima ratio* de toutes les structures et performances téléonomiques des êtres vivants est donc enfermée dans les séquences de radicaux des fibres polypeptidiques, « embryons » de ces démons de Maxwell biologiques que sont les protéines globulaires. En un sens, très réel, c'est à ce niveau d'organisation chimique que gît, s'il y en a un, le secret de la vie. Et saurait-on non seulement décrire ces séquences, mais énoncer la loi d'assemblage à laquelle elles obéissent, on pourrait dire que le secret est percé, l'*ultima ratio* découverte.

**l'ultima ratio des structures téléonomiques**

La première séquence complète d'une protéine globulaire fut décrite en 1952 par Sanger. Ce fut à la fois une révélation et une déception. Dans cette séquence que l'on savait gouverner la structure, donc les propriétés électives d'une protéine fonctionnelle (l'insuline), aucune régularité, aucune singularité, aucune restriction ne se révélaient. Encore cependant pouvait-on espérer qu'à mesure que s'accumuleraient de tels documents, quelques lois générales d'assemblage, ainsi que certaines corrélations fonctionnelles, se feraient jour. On connaît aujourd'hui des centaines de séquences, correspondant à des protéines variées, extraites des organismes les plus divers. De ces séquences, et de leur comparaison systématique aidée des moyens modernes d'analyse et de calcul, on peut aujourd'hui déduire la loi générale : c'est celle du hasard. Pour être plus précis : ces structures sont « au hasard » en ce sens que, connaissant exactement l'ordre de 199 résidus dans une protéine qui en comprend 200, il est impossible de formuler aucune règle, théorique ou empirique, qui permettrait de prévoir la nature du seul résidu non encore identifié par l'analyse.

Dire de la séquence des amino-acides dans un polypeptide qu'elle est « au hasard » ne revient nullement, il faut insister là-dessus, à un aveu d'ignorance, mais exprime une constatation de fait : à savoir que, par exemple, la fréquence moyenne avec laquelle tel résidu est suivi de tel autre dans les polypeptides est égale au *produit* des fréquences moyennes de chacun des deux résidus dans les protéines en général. On peut illustrer ceci d'une autre façon. Supposons un jeu de cartes portant chacune le nom d'un amino-acide. Soit un paquet de deux cents cartes dans lequel la proportion *moyenne* de chaque amino-acide serait respectée. Après avoir battu les cartes on obtiendrait des séquences au hasard, que rien ne permettrait de distinguer des séquences effectivement observées dans les polypeptides naturels.

Mais si, en ce sens, toute structure primaire de protéine nous apparaît comme le pur produit d'un choix fait au hasard, à chaque chaînon, parmi les vingt résidus disponibles, en revanche en un autre sens, tout aussi signifiant, il faut reconnaître que cette séquence *actuelle* n'a nullement été synthétisée au hasard, puisque ce même ordre est reproduit, pratiquement sans erreur, dans toutes les molécules de la protéine considérée. N'en fût-il pas ainsi, il serait impossible, en fait, d'établir par l'analyse chimique la séquence d'une population de molécules.

Il faut donc admettre que la séquence « au hasard » de chaque protéine est en fait reproduite, des milliers ou millions de fois, dans chaque organisme, chaque cellule, à chaque génération, par un mécanisme de haute fidélité qui assure l'invariance des structures.

On connaît aujourd'hui non seulement le principe, mais la plupart des composants de ce mécanisme. On y reviendra dans un prochain chapitre. Il n'est pas nécessaire de connaître les détails de ce mécanisme pour comprendre la signification profonde du mystérieux message que constitue la séquence des radicaux dans une fibre polypeptidique. Message qui, par tous les critères possibles, semble avoir été écrit au hasard. Message cependant chargé d'un sens qui se révèle dans les interactions discriminatives, fonctionnelles, directement téléonomiques, de la structure globulaire, traduction à trois dimensions de la séquence linéaire. Une protéine globulaire c'est déjà, à l'échelle moléculaire, une véritable machine par ses propriétés fonctionnelles, mais non, nous le voyons maintenant, par sa structure fondamentale où rien ne se discerne que le jeu de combinaisons aveugles. Hasard capté, conservé, reproduit par la machinerie de l'invariance et ainsi converti en ordre, règle, nécessité. D'un jeu *totalement* aveugle, tout, par définition, peut sortir, y compris la vision elle-même. Dans l'ontogénèse d'une

**l'interprétation du message**

protéine fonctionnelle, l'origine et la filiation de la biosphère entière se reflètent et la source ultime du projet que les êtres vivants représentent, poursuivent et accomplissent, se révèle dans ce message, dans ce texte précis, fidèle, mais essentiellement indéchiffrable que constitue la structure primaire. Indéchiffrable, puisque avant d'exprimer la fonction physiologiquement nécessaire qu'il accomplit spontanément, il ne révèle dans sa structure que le hasard de son origine. Mais tel est, justement, le sens le plus profond, pour nous, de ce message qui nous vient du fond des âges.

# 6

# Invariance et perturbations

Depuis sa naissance, dans les îles ioniennes, il y a près de trois mille ans, la pensée occidentale a été partagée entre deux attitudes en apparence opposées. Selon l'une de ces philosophies la réalité authentique et ultime de l'univers ne peut résider qu'en des formes parfaitement immuables, invariantes par essence. Selon l'autre, au contraire, c'est dans le mouvement et l'évolution que réside la seule réalité de l'univers. **Platon et Héraclite**

De Platon à Whitehead, et d'Héraclite à Hegel et Marx, il est évident que ces épistémologies métaphysiques ont toujours été intimement associées aux idées morales et politiques de leurs auteurs. Ces édifices idéologiques, présentés comme *a priori,* étaient en réalité des constructions *a posteriori* destinées à justifier une théorie éthico-politique préconçue [1].

Le seul *a priori,* pour la science, est le postulat d'objectivité qui lui épargne, ou plutôt lui interdit, de prendre part à ce débat. La science étudie l'évolution, que ce soit celle de l'univers ou des systèmes qu'il contient tels que la biosphère, y compris l'homme. Nous savons que tout phénomène, tout événement, toute connaissance impliquent des interactions, par elles-mêmes génératrices de modifications dans les

1. Cf. Popper, *The Open Society and Its Enemies,* Routledge, Londres (1945).

composants du système. Cette notion cependant n'est en aucune façon incompatible avec l'idée qu'il existe des entités immuables dans la structure de l'univers. Bien au contraire : la stratégie fondamentale de la science dans l'analyse des phénomènes est la découverte des invariants. Toute loi physique, comme d'ailleurs tout développement mathématique, spécifie une relation d'invariance ; les propositions les plus fondamentales de la science sont des postulats universels de conservation. Il est facile de voir, dans tout exemple qu'on voudra choisir, qu'il est en fait impossible d'analyser un phénomène quelconque en termes autres que ceux des invariants conservés par ce phénomène. L'exemple le plus clair en est peut-être la formulation des lois de la cinétique, qui *exigea* l'invention des équations différentielles, c'est-à-dire d'un moyen de définir le changement en termes de ce qui demeure inchangé.

On peut certes se demander si toutes les invariances, conservations et symétries qui constituent la trame du discours scientifique ne sont pas des fictions substituées à la réalité pour en donner une image opérationnelle, vidée d'une part de substance, mais devenue accessible à une logique elle-même fondée sur un principe d'identité purement abstrait, peut-être « conventionnel ». Convention dont, cependant, la raison humaine semble incapable de se passer.

Je mentionne ici ce problème classique pour noter que son statut a été profondément modifié par la révolution quantique. Le principe d'identité ne figure pas comme postulat physique dans la science classique. Il n'y est employé qu'en tant qu'opération logique, sans qu'il soit nécessaire de supposer qu'il corresponde à une réalité substantielle. Il en va tout autrement en physique moderne, dont l'un des postulats les plus fondamentaux est l'identité *absolue* de deux atomes se trouvant au même état quantique [1]. D'où également la valeur de représentation absolue, non perfectible, accordée aux symétries atomiques et moléculaires en théorie quantique. Il semble donc qu'on ne puisse plus aujourd'hui restreindre le principe d'identité au statut de simple règle pour la conduite de l'esprit : il faut admettre qu'à l'échelle quantique au moins il exprime une réalité substantielle.

Quoi qu'il en soit, il y a et il demeurera dans la science un élément platonicien qu'on ne saurait en distraire sans la ruiner. Dans la diversité infinie des phénomènes singuliers, la science ne peut chercher que les invariants.

* * *

Il y avait une ambition « platonicienne » dans la recherche systématique des invariants anatomiques à laquelle se consacrèrent les grands naturalistes du XIX^e^ siècle après Cuvier (et Gœthe). Peut-être les biologistes modernes ne rendent-ils pas toujours justice au génie des hommes qui, sous la stupéfiante variété des morphologies et des modes de vie des êtres vivants, ont su reconnaître sinon une « forme » unique, du moins un nombre fini de plans anatomiques, chacun d'entre eux invariant au sein du groupe qu'il caractérise. Sans doute n'était-il pas très difficile de voir

**les invariants anatomiques**

1. V. Weisskopf, in *Symmetry and Function in biological systems at the macromolecular level,* Engström and Strandberg Ed., Nobel Symposium N° 11, p. 28, Wiley and Sons, New York (1969).

que les phoques sont des mammifères très proches des carnivores terrestres. Il l'était beaucoup plus de discerner un même plan fondamental dans l'anatomie des tuniciers et celle des vertébrés, pour les grouper dans l'embranchement des chordés. Plus difficile encore de percevoir des affinités entre les chordés et les échinodermes. Il n'est pourtant pas douteux, la biochimie le confirme, que les oursins sont pour nous de bien plus proches parents que les membres de certains groupes beaucoup plus évolués, tels que les céphalopodes par exemple.

C'est grâce à ces immenses travaux à la recherche des plans fondamentaux d'organisation qu'a été élevé l'édifice de la zoologie classique et de la paléontologie, monument dont la structure appelle et justifie à la fois la théorie de l'évolution.

La diversité des types demeurait cependant, et il fallait bien reconnaître que de nombreux plans d'organisations macroscopiques, radicalement différents les uns des autres, coexistaient dans la biosphère. Entre une algue bleue, un infusoire, un poulpe et l'homme, par exemple, quoi de commun ? La découverte de la cellule et la théorie cellulaire permettaient d'entrevoir une nouvelle unité sous cette diversité. Il fallut cependant attendre les développements de la biochimie, au cours du second quart du XX^e^ siècle principalement, pour que se révèle entièrement la profonde et rigoureuse unité, à l'échelle microscopique, du monde vivant tout entier. On sait aujourd'hui que, de la Bactérie à l'Homme, la machinerie chimique est essentiellement la même, dans ses structures comme par son fonctionnement.

1. Dans sa structure : tous les êtres vivants, sans exception, sont constitués des mêmes deux classes

principales de macromolécules : protéines et acides nucléiques. De plus ces macromolécules sont formées, chez tous les êtres vivants, par l'assemblage des mêmes radicaux, en nombre fini : vingt amino-acides pour les protéines, quatre types de nucléotides pour les acides nucléiques.

**les invariants chimiques**

2. Par son fonctionnement : les mêmes réactions, ou plutôt séquences de réactions, sont utilisées chez tous les organismes pour les opérations chimiques essentielles : mobilisation et mise en réserve du potentiel chimique, biosynthèse des constituants cellulaires.

Certes, sur ce thème central du métabolisme, de nombreuses variantes se rencontrent, qui correspondent à diverses adaptations fonctionnelles. Presque toujours cependant elles consistent en des utilisations nouvelles de séquences métaboliques universelles, d'abord employées à d'autres fonctions. Par exemple, l'excrétion de l'azote se fait sous des formes différentes chez les oiseaux et chez les mammifères. Les premiers excrètent de l'acide urique, les seconds de l'urée. Or la voie de synthèse de l'acide urique chez les oiseaux n'est qu'une modification, au demeurant mineure, de la séquence de réactions qui, chez tous les organismes, synthétise les nucléotides dits puriques (constituants universels des acides nucléiques). La synthèse de l'urée, chez les mammifères, est obtenue grâce à une modification d'une voie métabolique également universelle : celle qui aboutit à la synthèse de l'arginine, acide aminé présent dans toutes les protéines. On multiplierait aisément les exemples.

C'est aux biologistes de ma génération qu'a été accordée cette révélation de la quasi-identité de la chimie cellulaire dans la biosphère entière. Dès 1950, la certitude en était acquise, et chaque publication nouvelle en apportait la confirmation. Les espoirs des « platoniciens » les plus convaincus étaient mieux que comblés.

Mais cette révélation, graduelle, de la « forme » universelle de la chimie cellulaire semblait par ailleurs rendre plus aigu et plus paradoxal encore le problème de l'invariance reproductive. Si, chimiquement, les constituants sont les mêmes, et synthétisés par les mêmes voies chez tous les êtres vivants, quelle est la source de leur prodigieuse diversité morphologique et physiologique ? Et plus encore, comment chaque espèce, utilisant les mêmes matériaux et les mêmes transformations chimiques que toutes les autres, maintient-elle, invariante au travers des générations, la norme structurale qui la caractérise et la différencie de toute autre ?

Nous possédons aujourd'hui la solution de ce problème. Les constituants universels que sont les nucléotides d'une part, les acides aminés de l'autre, sont l'équivalent logique d'un alphabet dans lequel serait écrite la structure, donc les fonctions associatives spécifiques des protéines. Dans cet alphabet, peut donc être écrite toute la diversité des structures et des performances que contient la biosphère. En outre, c'est la reproduction, *ne varietur,* à chaque génération cellulaire du texte écrit sous forme de séquence de nucléotides dans l'ADN, qui assure l'invariance de l'espèce.

L'invariant biologique fondamental est l'ADN. C'est pourquoi la définition, par Mendel, du gène comme porteur invariant des traits héréditaires, son identification chimique par Avery (confirmée par Hershey) et l'élucidation, par Watson et Crick, des bases structurales de son invariance réplicative, constituent

**l'ADN comme invariant fondamental**

sans aucun doute les découvertes les plus fondamentales qui aient jamais été faites en biologie. A quoi il faut ajouter la théorie de l'évolution sélective qui, d'ailleurs, ne pouvait trouver toute sa signification et sa certitude que grâce à ces découvertes.

La structure de l'ADN, comment cette structure rend compte de sa capacité de dicter une copie exacte de la séquence de nucléotides qui spécifie un gène, la machinerie chimique qui traduit la séquence de nucléotides d'un segment d'ADN en une séquence d'acides aminés dans une protéine, tous ces faits et notions ont été largement et excellemment exposés pour les non-spécialistes. On ne les rappellera pas ici en détail [1]. Le schéma ci-dessous, qui symbolise seulement l'essence des deux processus de *réplication* et de *traduction* suffira comme base pour la présente discussion :

| | |
|---|---|
| ADN | *Deux* doubles séquences identiques |
| | ↑ (*réplication*) |
| ADN | Double séquence de nucléotides complémentaires |
| | ↓ (*traduction*) |
| *Polypeptide* | Séquence linéaire de radicaux d'amino-acides |
| | ↓ (*expression*) |
| *Protéine globulaire* | Repli de la séquence linéaire d'amino-acides |

1. Voir Appendices, p. 234.

Le premier point qu'il importe de mettre en lumière, c'est que le « secret » de la réplication *ne varietur* de l'ADN réside dans la *complémentarité stéréochimique* du complexe *non-covalent* que constituent les deux fibres associées dans la molécule. On voit donc que le principe fondamental de stéréospécificité associative, qui rend compte des propriétés discriminatives des protéines, est également à la base des propriétés réplicatives de l'ADN. Mais dans l'ADN, la structure topologique du complexe est beaucoup plus simple que dans les complexes de protéines, et c'est ce qui permet à la mécanique de la réplication de fonctionner. En effet, la structure stéréochimique d'une des deux fibres est entièrement définie par la séquence (la succession) des radicaux qui la composent, en vertu du fait que *chacun* des quatre radicaux n'est *individuellement* appariable (en raison de restrictions stériques) qu'avec *un seul* des trois autres. Il en résulte que :

1. la structure stérique du complexe peut être entièrement représentée en *deux dimensions,* dont l'une, finie, contient en chaque point une paire de nucléotides mutuellement complémentaires, tandis que l'autre contient une séquence potentiellement infinie de ces paires ;

2. l'une (quelconque) des deux fibres étant donnée, la séquence complémentaire pourra être reconstituée de proche en proche par additions successives de nucléotides, chacun étant « choisi » par son partenaire stériquement prédestiné. C'est ainsi que chacune des deux fibres dicte la structure de sa complémentaire pour reconstituer le complexe entier.

La structure globale de la molécule d'ADN est la

plus simple et la plus probable que puisse adopter une macromolécule constituée par la polymérisation linéaire de radicaux semblables : celle d'une fibre hélicoïdale, définie par deux opérations de symétrie, une translation et une rotation. On peut donc la considérer comme un cristal fibrillaire, en raison de la régularité de la structure d'ensemble. Mais si l'on tient compte de la structure fine il faut dire qu'il s'agit d'un cristal *apériodique,* puisque la séquence des paires de bases y est non répétitive. Il importe de souligner que la séquence est entièrement « libre » en ce sens qu'aucune restriction n'y est imposée par la structure d'ensemble, qui peut s'accommoder de toutes les séquences possibles.

Comme on vient de le voir, la formation de cette structure est très étroitement comparable à celle d'un cristal. Chaque élément de séquence dans l'une des deux fibres joue le rôle d'un germe cristallin, qui choisit et oriente les molécules qui viennent spontanément s'y associer, assurant la croissance du cristal. Deux fibres complémentaires, artificiellement dissociées, reforment *spontanément* le complexe spécifique, chacune choisissant, presque sans erreurs, sa partenaire parmi des milliers ou millions d'autres séquences.

Cependant la croissance de chaque fibre implique la formation de liaisons *covalentes* qui associent séquentiellement les nucléotides entre eux. La formation de ces liaisons ne peut avoir lieu spontanément : il y faut une source de potentiel chimique et un catalyseur. La source de potentiel est représentée par certaines liaisons, présentes dans les nucléotides eux-mêmes, et qui sont rompues au cours de la réaction de condensation. Celle-ci est catalysée par un enzyme, l'ADN-polymérase. Cet enzyme est « indifférent » à la séquence, spécifiée par la fibre préexistante. Il a été prouvé d'ailleurs que la condensation de mononucléotides activée par des catalyseurs non enzymatiques, est effectivement dirigée par leur appariement spontané avec un polynucléotide préexistant [1]. Il est certain cependant que si l'enzyme ne spécifie pas la séquence, il contribue à la précision de la copie complémentaire, c'est-à-dire à la fidélité du transfert d'information. Fidélité extrême, comme le prouve l'expérience, mais qui, s'agissant d'un processus microscopique, ne saurait être absolue. On reviendra tout à l'heure sur ce point capital.

*
* *

**la traduction du code** Le mécanisme de la *traduction* de la séquence de nucléotides en séquence d'acides aminés est beaucoup plus compliqué, dans son principe même, que celui de la *réplication*. Ce dernier processus s'explique en définitive, comme on vient de le voir, par des interactions stéréospécifiques *directes* entre une séquence polynucléotidique servant de matrice et les nucléotides qui viennent s'y associer. Dans la traduction également, ce sont des interactions stéréospécifiques non-covalentes qui assurent le transfert d'information. Mais ces interactions directrices comprennent plusieurs étapes successives, mettant en jeu plusieurs constituants

1. L. Orgel, *Journal of Molecular Biology*, 38, p. 381-393 (1968).

dont chacun reconnaît exclusivement son partenaire fonctionnel immédiat. Les constituants intervenant au début de cette chaîne de transfert d'information ignorent totalement « ce qui se passe » à l'autre extrémité. De sorte que s'il est bien vrai que le code génétique est écrit dans un langage stéréochimique dont chaque lettre est constituée par une séquence de trois nucléotides (un triplet) dans l'ADN spécifiant un acide aminé (parmi vingt) dans le polypeptide, il n'existe aucune relation stérique directe entre le triplet codant et l'acide aminé codé.

Ceci entraîne une très importante conclusion, à savoir que ce code, universel dans la biosphère, paraît chimiquement *arbitraire,* en ce sens que le transfert d'information pourrait tout aussi bien avoir lieu selon une *autre* convention [1]. On connaît d'ailleurs des mutations qui, altérant la structure de certains composants du mécanisme de traduction, modifient de ce fait l'interprétation de certains triplets et commettent donc (eu égard à la convention régnante) des erreurs très préjudiciables à l'organisme.

L'aspect très mécanique et même « technologique » du processus de traduction mérite d'être souligné. Les interactions successives des différents composants intervenant à chaque étape pour aboutir à un polypeptide en voie d'assemblage, résidu par résidu, à la surface d'un constituant (le ribosome) comparable à une machine-outil qui fait avancer cran par cran une pièce en train d'être façonnée, tout cela fait penser irrésistiblement à une chaîne de production dans une usine de mécanique.

1. On reviendra sur ce point dans le chapitre 8.

Au total, chez l'organisme normal, cette mécanique microscopique de précision confère au processus de traduction une remarquable fidélité. Sans doute y a-t-il des erreurs, mais si rares qu'on ne possède sur leur fréquence normale moyenne aucune statistique utilisable. Le code étant sans ambiguïté (pour la traduction de l'ADN en protéines) il s'ensuit que la séquence des nucléotides dans un segment d'ADN définit entièrement la séquence des acides aminés dans le polypeptide correspondant. Comme en outre, ainsi que nous l'avons vu (chapitre 5), la séquence du polypeptide spécifie entièrement (dans des conditions initiales normales) la structure repliée qu'il adopte une fois constitué, l'« interprétation » structurale, donc fonctionnelle, de l'information génétique est univoque, rigoureuse. Aucun apport supplémentaire d'information (autre que génétique) n'est nécessaire, ni même semble-t-il possible, le mécanisme tel qu'on le connaît n'y laissant aucune place. Et dans la mesure où toutes les structures et performances des organismes sont la résultante des structures et activités des protéines qui le composent, on doit considérer que l'organisme entier constitue l'expression épigénétique ultime du message génétique lui-même.

**irréversibilité de la traduction**

Il faut ajouter enfin, et ce point est d'une très grande importance, que *le mécanisme de la traduction est strictement irréversible*. Il n'est ni observé, ni d'ailleurs concevable, que de l'« information » soit jamais transférée dans le sens inverse, c'est-à-dire de protéine à ADN. Cette notion repose sur un ensemble d'observations si complètes et si sûres, aujourd'hui, et ses conséquences, en théorie de l'évolution notamment, sont si importantes, qu'on doit la considérer comme l'un des principes fondamentaux de la biologie moderne [1]. Il s'ensuit en effet qu'il n'y a pas de mécanisme *possible* par quoi la structure et les performances d'une protéine pourraient être modifiées et ces modifications transmises, fût-ce partiellement, à la descendance, si ce n'est comme conséquence d'une altération des instructions représentées par un segment de séquence de l'ADN. Tandis qu'inversement il n'existe aucun mécanisme concevable par quoi une instruction ou information quelconque pourrait être transférée à l'ADN.

Le système tout entier, par conséquent, est totalement, intensément conservateur, fermé sur soi-même, et absolument incapable de recevoir quelque enseignement que ce soit du monde extérieur. Comme on le voit, ce système, par ses propriétés, par son fonctionnement d'horlogerie microscopique qui établit entre ADN et protéine, comme aussi entre organisme et milieu, des relations à sens unique, défie toute description « dialectique ». Il est foncièrement cartésien et non hégélien : la cellule est bien une *machine*.

Il pourrait donc sembler que, par sa structure même, ce système doive s'opposer à tout changement, à toute évolution. Nul doute qu'il n'en soit bien ainsi,

1. Certains critiques (Piaget par exemple) de la première édition du présent ouvrage ont trouvé apparemment grande satisfaction à pouvoir mentionner certains résultats récents où ils croyaient voir une réfutation expérimentale de cette proposition. Il s'agissait de la découverte par Temin et par Baltimore d'enzymes doués de la propriété de transcrire l'ARN en ADN, c'est-à-dire dans le sens opposé à celui de la transcription classique. Ces belles observations en fait ne violent en rien le principe selon lequel la *traduction* d'information séquentielle dans le sens ADN (ou ARN) à protéine est irréversible. Les auteurs de cette découverte, qui sont des biologistes moléculaires très distingués, n'ont jamais tiré de leurs travaux les conclusions que Piaget, par exemple, semble en déduire.

et nous avons là l'explication [1] d'un fait en vérité bien plus paradoxal que l'évolution elle-même, à savoir la prodigieuse stabilité de certaines espèces, qui ont su se reproduire sans modifications appréciables depuis des centaines de millions d'années.

*
* *

La physique cependant nous enseigne que (sauf au zéro absolu, limite inaccessible) aucune entité microscopique ne peut manquer de subir des perturbations d'ordre quantique, dont l'accumulation, au sein d'un système macroscopique, en altérera la structure, graduellement mais immanquablement.

Les êtres vivants, malgré la perfection conservatrice de la machinerie qui assure la fidélité de la traduction, n'échappent pas à cette loi. La sénescence et la mort des organismes pluricellulaires s'expliquent, en partie au moins, par l'accumulation d'erreurs accidentelles de traduction qui, altérant notamment certains des composants responsables de la fidélité de la traduction elle-même, accroissent la fréquence de ces erreurs, qui dégradent peu à peu, inexorablement, la structure de ces organismes [2].

**perturbations micro-scopiques**

Le mécanisme de la réplication lui non plus ne saurait, sans violer les lois de la physique, échapper à toute perturbation, à tout accident. Quelques-unes au moins de ces perturbations entraîneront des modifications plus ou moins discrètes de certains éléments

1. Explication partielle, v. p. 158.
2. Orgel, L.E., *Proceedings of the National Academy of Science*, 49, p. 517 (1963).

de séquence. Erreurs de transcription qui, en vertu de la fidélité aveugle du mécanisme, seront, à d'autres perturbations près, automatiquement retranscrites. Elles seront tout aussi fidèlement traduites en une altération de la séquence des amino-acides dans le polypeptide correspondant au segment d'ADN dans lequel la *mutation* se sera produite. Mais ce n'est qu'une fois ce polypeptide partiellement nouveau replié sur lui-même que se révélera la « signification » fonctionnelle de la mutation.

Parmi les recherches modernes en biologie, certaines des plus belles par leur méthodologie, comme des plus profondément signifiantes, constituent ce qu'on appelle la génétique moléculaire (Benzer, Yanofsky, Brenner et Crick). Ces recherches ont permis, en particulier, d'analyser les différents types d'altérations accidentelles discrètes que peut subir une séquence de polynucléotides dans la double fibre de l'ADN. On a ainsi identifié diverses mutations comme dues à :

1. la substitution d'une seule paire de nucléotides à une autre ;

2. la délétion ou l'addition d'une ou plusieurs paires de nucléotides ;

3. divers types de « mastics » altérant le texte génétique par inversion, répétition, translocation et fusion de segments de séquence plus ou moins longs [1].

Nous disons que ces altérations sont accidentelles, qu'elles ont lieu au hasard. Et puisqu'elles constituent la *seule* source possible de modifications du texte génétique, *seul* dépositaire à son tour des structures héréditaires de l'organisme, il s'ensuit nécessairement

1. Cf. Appendices, p. 236.

que le hasard *seul* est à la source de toute nouveauté, de toute création dans la biosphère. Le hasard pur, le seul hasard, liberté absolue mais aveugle, à la racine même du prodigieux édifice de l'évolution : cette notion centrale de la biologie moderne n'est plus aujourd'hui une hypothèse, parmi d'autres possibles ou au moins concevables. Elle est *la seule* concevable, comme seule compatible avec les faits d'observation et d'expérience. Et rien ne permet de supposer (ou d'espérer) que nos conceptions sur ce point devront ou même pourront être révisées.

Cette notion est aussi, de toutes celles de toutes les sciences, la plus destructive de tout anthropocentrisme, la plus inacceptable intuitivement pour les êtres intensément téléonomiques que nous sommes. C'est donc la notion ou plutôt le spectre que doivent à tout prix exorciser toutes les idéologies vitalistes et animistes. Aussi est-il très important de préciser dans quel sens exact le mot de hasard peut et doit être employé, s'agissant des mutations comme source de l'évolution. Le contenu de la notion de hasard n'est pas simple et le mot même est employé dans des situations très différentes. Le mieux est d'en prendre quelques exemples.

**incertitude opérationnelle et incertitude essentielle**

Ainsi on emploie ce mot à propos du jeu de dés, ou de la roulette, et on utilise le calcul des probabilités pour prévoir l'issue d'une partie. Mais ces jeux purement mécaniques, et *macroscopiques,* ne sont « de hasard » qu'en raison de l'impossibilité *pratique* de gouverner avec une précision suffisante le jet du dé ou celui de la boule. Il est évident qu'une mécanique de lancement de très haute précision est concevable, qui permettrait d'éliminer en grande partie l'incertitude du résultat. Disons qu'à la roulette, l'incertitude est purement opérationnelle, mais non essentielle. Il en est de même, comme on le verra aisément, pour la théorie de nombreux phénomènes où on emploie la notion de hasard et le calcul des probabilités pour des raisons purement méthodologiques.

Mais dans d'autres situations, la notion de hasard prend une signification essentielle et non plus simplement opérationnelle. C'est le cas, par exemple, de ce que l'on peut appeler les « coïncidences absolues », c'est-à-dire celles qui résultent de l'intersection de deux chaînes causales totalement indépendantes l'une de l'autre. Supposons par exemple que le Dr Dupont soit appelé d'urgence à visiter un nouveau malade, tandis que le plombier Dubois travaille à la réparation urgente de la toiture d'un immeuble voisin. Lorsque le Dr Dupont passe au pied de l'immeuble, le plombier lâche par inadvertance son marteau, dont la trajectoire (déterministe) se trouve intercepter celle du médecin, qui en meurt le crâne fracassé. Nous disons qu'il n'a pas eu de chance. Quel autre terme employer pour un tel événement, imprévisible par sa nature même ? Le hasard ici doit évidemment être considéré comme essentiel, inhérent à l'indépendance totale des deux séries d'événements dont la rencontre produit l'accident.

Or entre les événements qui peuvent provoquer ou permettre une erreur dans la *réplication* du message génétique et ses conséquences fonctionnelles, il y a également indépendance totale. L'effet fonctionnel dépend de la structure, du rôle actuel de la protéine modifiée, des interactions qu'elle assure, des réactions qu'elle catalyse. Toutes choses qui n'ont rien à voir avec l'événement mutationnel lui-même, comme avec ses causes immédiates ou lointaines, et quelle que soit d'ailleurs la nature, déterministe ou non, de ces « causes ».

Il existe enfin, à l'échelle microscopique, une source d'incertitude plus radicale encore, enracinée dans la structure quantique de la matière elle-même. Or une mutation est en soi un événement microscopique, quantique, auquel par conséquent s'applique le principe d'incertitude. Evénement donc *essentiellement* imprévisible par sa nature même.

Comme on sait, le principe d'incertitude n'a jamais été entièrement accepté par certains des plus grands physiciens modernes, à commencer par Einstein qui disait ne pouvoir admettre que « Dieu joue aux dés ». Certaines écoles ont voulu n'y voir qu'une notion purement opérationnelle, mais non essentielle. Tous les efforts faits pour substituer à la théorie quantique une structure plus « fine », d'où l'incertitude aurait disparu, se sont cependant soldés par des échecs et bien peu de physiciens paraissent disposés à croire aujourd'hui que ce principe pourra jamais disparaître de leur discipline.

Quoi qu'il en soit il faut souligner que, si même le principe d'incertitude devait un jour être abandonné, il n'en demeurerait pas moins qu'entre le déterminisme, fût-il entier, d'une mutation de séquence dans l'ADN et celui de ses effets fonctionnels au niveau des interactions de la protéine, on ne pourrait encore voir qu'une « coïncidence absolue » au sens défini plus haut par la parabole du plombier et du docteur. L'événement resterait donc du domaine du hasard « essentiel ». A moins bien entendu de revenir à l'univers de Laplace, d'où le hasard est exclu par définition et où le docteur, de tout temps, devait mourir sous le marteau du plombier.

Bergson, on s'en souvient, voyait dans l'évolution l'expression d'une force créatrice, *absolue* en ce sens qu'il ne la supposait pas tendue à une autre fin que la création en elle-même et pour elle-même. En cela il diffère radicalement des animistes (qu'il s'agisse d'Engels, de Teilhard ou des positivistes optimistes tels que Spencer) qui tous voient dans l'évolution le majestueux déroulement d'un programme inscrit dans la trame même de l'Univers. Pour eux, par conséquent, l'évolution n'est pas véritablement création, mais uniquement « révélation » des intentions jusque-là inexprimées de la nature. D'où la tendance à voir dans le développement embryonnaire une émergence de même ordre que l'émergence évolutive. Selon la théorie moderne, la notion de « révélation » s'applique au développement épigénétique, mais non, bien entendu, à l'émergence évolutive qui, grâce précisément au fait qu'elle prend sa source dans l'imprévisible essentiel, est créatrice de nouveauté *absolue*. Cette convergence apparente entre les voies de la métaphysique bergsonienne et celles de la science serait-elle encore l'effet d'une pure coïncidence ? Peut-être pas : Bergson, en artiste et poète qu'il était, très bien informé par ailleurs des sciences naturelles de son temps, ne pouvait manquer d'être sensible à l'éblouissante richesse de la biosphère, à la variété prodigieuse des formes et des comportements qui s'y déploient, et qui paraissent témoigner presque directement, en effet, d'une prodigalité créatrice inépuisable, libre de toute contrainte.

**l'évolution : création absolue et non révélation**

Mais là où Bergson voyait la preuve la plus manifeste que le « principe de la vie » est l'évolution elle-même, la biologie moderne reconnaît, au contraire, que toutes les propriétés des êtres vivants reposent sur un mécanisme fondamental de *conservation moléculaire*. Pour la théorie moderne *l'évolution n'est nullement une propriété des êtres vivants* puisqu'elle a sa racine dans les *imperfections mêmes* du mécanisme conservateur qui, lui, constitue bien leur unique privilège. Il faut donc dire que la même source de perturbations, de « bruit » qui, dans un système non vivant, c'est-à-dire non réplicatif, abolirait peu à peu toute structure, est à l'origine de l'évolution dans la biosphère, et rend compte de sa totale liberté créatrice, grâce à ce conservatoire du hasard, sourd au bruit autant qu'à la musique : la structure réplicative de l'ADN.

# 7

# Évolution

Les événements élémentaires initiaux qui ouvrent la voie de l'évolution à ces systèmes intensément conservateurs que sont les êtres vivants sont microscopiques, fortuits et sans relation aucune avec les effets qu'ils peuvent entraîner dans le fonctionnement téléonomique.

Mais une fois inscrit dans la structure de l'ADN, l'accident singulier et comme tel essentiellement imprévisible va être mécaniquement et fidèlement répliqué et traduit, c'est-à-dire à la fois multiplié et transposé à des millions ou milliards d'exemplaires. Tiré du règne du pur hasard, il entre dans celui de la nécessité, des certitudes les plus implacables. Car c'est à l'échelle macroscopique, celle de l'organisme, qu'opère la sélection.



Beaucoup d'esprits distingués, aujourd'hui encore, paraissent ne pas pouvoir accepter ni même comprendre que d'une source de bruit la sélection ait pu, à elle seule, tirer toutes les musiques de la biosphère. La sélection opère en effet *sur* les produits du hasard, et ne peut s'alimenter ailleurs ; mais elle opère dans un domaine d'exigences rigoureuses dont le hasard est banni. C'est de ces exigences, et non du hasard, que l'évolution a tiré ses orientations généralement ascendantes, ses conquêtes successives, l'épanouissement ordonné dont elle semble donner l'image.

Certains évolutionnistes post-darwiniens ont eu tendance d'ailleurs à propager de la sélection naturelle une idée appauvrie, naïvement féroce, celle de la pure et simple « lutte pour la vie », expression qui n'est pas de Darwin d'ailleurs, mais de Spencer. Les néo-darwiniens du début de ce siècle en ont proposé au contraire une conception bien plus riche et montré, sur la base de théories quantitatives, que le facteur décisif de la sélection n'est pas la « lutte pour la vie » mais, au sein d'une espèce, le taux différentiel de reproduction.

Les données de la biologie contemporaine permettent d'éclaircir et de préciser encore la notion de sélection. Nous avons, notamment, de la puissance, de la complexité et de la cohérence du réseau cybernétique intracellulaire (même chez les organismes les plus simples) une idée assez claire, autrefois ignorée, qui nous permet, bien mieux qu'auparavant, de comprendre que toute « nouveauté », sous forme d'une altération de la structure d'une protéine, sera avant tout testée pour sa compatibilité avec l'ensemble d'un système déjà lié par d'innombrables asservissements qui commandent l'exécution du projet de l'organisme. Les seules mutations acceptables sont donc celles qui, à tout le moins, ne réduisent pas la cohérence de l'appareil téléonomique, mais plutôt le renforcent encore dans l'orientation déjà adoptée ou, et sans doute bien plus rarement, l'enrichissent de possibilités nouvelles.

C'est l'appareil téléonomique, tel qu'il fonctionne lorsque s'exprime pour la première fois une mutation qui définit les *conditions initiales* essentielles de l'admission, temporaire ou définitive, ou du rejet de la tentative née du hasard. C'est la performance téléonomique, expression globale des propriétés du réseau des interactions constructives et régulatrices, qui est jugée par la sélection, et c'est de ce fait que l'évolution elle-même paraît accomplir un « projet », celui de prolonger et d'amplifier un « rêve » ancestral.

Grâce à la perfection conservatrice de l'appareil réplicatif, toute mutation, considérée individuellement, est un événement très rare. Chez les bactéries, seuls organismes pour lesquels on ait des données nombreuses et précises sur ce sujet, on peut admettre que la probabilité, pour un gène donné, de subir une mutation qui altère sensiblement les propriétés fonctionnelles de la protéine correspondante est de l'ordre de $10^{-6}$ à $10^{-8}$ par génération cellulaire. Mais dans quelques millilitres d'eau une population de plusieurs milliards de cellules peut se développer. Dans une telle population, on a donc la certitude que toute mutation donnée est représentée à 10, 100 ou 1 000 exemplaires. On peut également estimer que le nombre total des mutants de toutes espèces dans cette population est de l'ordre de $10^5$ à $10^6$.

**richesse de la source de hasard**

A l'échelle de la population, par conséquent, la mutation n'est nullement un phénomène d'exception : c'est la règle. Or c'est au sein de la population, mais non d'individus isolés, que s'exerce la pression de sélection. Les populations d'organismes supérieurs, il est vrai, n'atteignent pas les dimensions de celles des bactéries, mais :

1. le génome d'un organisme supérieur, mammifère par exemple, contient mille fois plus de gènes que celui d'une bactérie ;

2. le nombre de générations *cellulaires*, donc de chances de mutations, dans la lignée germinale d'ovule

à ovule ou de spermatozoïde à spermatozoïde est très grand.

C'est peut-être ce qui explique que le taux de certaines mutations chez l'homme paraisse relativement élevé : de l'ordre de $10^{-4}$ à $10^{-5}$ par exemple, pour un certain nombre de mutations provoquant des maladies génétiques aisément repérables. Encore faut-il noter que les chiffres avancés ici ne tiennent pas compte des mutations individuellement non décelables, mais qui, associées par recombinaison sexuelle, pourraient avoir des effets sensibles. Il est probable que de telles mutations ont eu plus d'importance dans l'évolution que celles dont les effets individuels sont plus marqués.

Au total, on peut estimer que, dans la population humaine actuelle ($3 \times 10^9$) il se produit, à chaque génération, quelque cent à mille milliards de mutations. Je n'avance ce chiffre que pour donner une idée des dimensions de l'immense réservoir de variabilité fortuite que constitue le génome d'une espèce, malgré, encore une fois, les propriétés jalousement conservatrices du mécanisme réplicatif.

**« paradoxe » de la stabilité des espèces**

Compte tenu des dimensions de cette énorme loterie et de la vitesse à laquelle y joue la nature, ce n'est plus l'évolution, mais au contraire la stabilité des « formes » dans la biosphère qui pourrait paraître difficilement explicable sinon quasi paradoxale. On sait que les plans d'organisation correspondant aux principaux embranchements du règne animal étaient différenciés dès la fin du Cambrien, soit il y a 500 millions d'années. On sait aussi que certaines espèces même n'ont pas sensiblement évolué depuis des centaines de millions d'années. La lingule, par exemple, depuis 450 millions d'années ; quant à l'huître d'il y a 150 millions d'années, elle avait même apparence et sans doute même saveur que celle que l'on sert aujourd'hui dans les restaurants [1]. Enfin on peut estimer que la cellule « moderne », caractérisée par son plan d'organisation chimique invariant (à commencer par la structure du code génétique et le mécanisme compliqué de la traduction), existe depuis deux à trois milliards d'années, sans aucun doute déjà pourvue de puissants réseaux cybernétiques moléculaires assurant sa cohérence fonctionnelle.

L'extraordinaire stabilité de certaines espèces, les milliards d'années que couvre l'évolution, l'invariance du « plan » chimique fondamental de la cellule ne peuvent évidemment s'expliquer que par l'extrême cohérence du système téléonomique qui, dans l'évolution, a donc joué le rôle à la fois de guide et de frein, et n'a retenu, amplifié, intégré qu'une infime fraction des chances que lui offrait, en nombre astronomique, la roulette de la nature.

Le système réplicatif pour sa part, loin de pouvoir éliminer les perturbations microscopiques dont il est inévitablement l'objet, ne sait au contraire que les enregistrer et les offrir, presque toujours vainement, au filtre téléonomique dont les performances sont jugées, en dernier ressort, par la sélection.

*
* *

1. Simpson, *The Meaning of Evolution,* Yale University Press (1967).

Une mutation simple, ponctuelle, telle que la substitution d'une lettre du code à une autre dans l'ADN, est réversible. La théorie le prévoit, et l'expérience le prouve. Mais toute évolution sensible, telle que la différenciation de deux espèces, même très voisines, résulte d'un grand nombre de mutations indépendantes, successivement accumulées dans l'espèce originale, puis, toujours au hasard, recombinées grâce au « flux génétique » promu par la sexualité. Un tel phénomène, en raison du nombre des événements indépendants dont il est le résultat, est statistiquement irréversible.

**l'irréversibilité de l'évolution et le deuxième principe**

L'évolution dans la biosphère est donc un processus nécessairement irréversible, *qui définit une direction dans le temps* ; direction qui est *la même* que celle qu'impose la loi d'accroissement de l'entropie, c'est-à-dire le deuxième principe de la thermodynamique. Il s'agit de bien plus qu'une simple comparaison. Le deuxième principe est fondé sur les considérations statistiques *identiques* à celles qui établissent l'irréversibilité de l'évolution. En fait, *il est légitime de considérer l'irréversibilité de l'évolution comme une expression du deuxième principe dans la biosphère.* Le second principe, ne formulant qu'une prédiction statistique, n'exclut pas, bien entendu, qu'un système macroscopique quelconque ne puisse, dans un mouvement de très faible amplitude et pour une durée très courte, remonter la pente de l'entropie, c'est-à-dire en quelque sorte remonter le temps. Chez les êtres vivants, ce sont précisément ces seuls et fugitifs mouvements qui, captés et reproduits par le mécanisme réplicatif, ont été retenus par la sélection. En ce sens l'évolution sélective, fondée sur le choix des rares et précieux incidents que contient aussi, parmi une infinité d'autres, l'immense réservoir du hasard microscopique, constitue une sorte de machine à remonter le temps.

Il n'est pas surprenant, mais au contraire bien naturel que les résultats obtenus par ce mécanisme à remonter le temps : la tendance générale ascendante de l'évolution, le perfectionnement et l'enrichissement de l'appareil téléonomique, aient paru miraculeux aux uns, paradoxaux aux autres et que la théorie moderne « darwinienne-moléculaire » de l'évolution soit aujourd'hui encore considérée avec soupçon par certains penseurs, philosophes ou même biologistes.

Cela vient, pour une part au moins, de l'extrême difficulté qu'il y a à concevoir l'inépuisable richesse de la source de hasard où puise la sélection. Il en existe cependant une illustration remarquable dans le système de défense de l'organisme par les anticorps. **origine des anticorps** Les anticorps sont des protéines douées de la propriété de reconnaître par association stéréospécifique des substances étrangères à l'organisme et qui l'ont envahi, bactéries ou virus par exemple. Mais, comme chacun sait, l'anticorps qui reconnaît électivement une substance donnée, par exemple un « motif stérique » particulier à une certaine espèce bactérienne, n'apparaît dans l'organisme (pour y demeurer pendant un certain temps) qu'après que celui-ci en a fait, au moins une fois, l'« expérience » (par la vaccination, spontanée ou artificielle). On a démontré en outre que l'organisme est capable de former des anticorps adaptés à pratiquement n'importe quel motif stérique, naturel ou synthétique. Les potentialités, à cet égard, paraissent pratiquement infinies.

On a donc supposé, pendant longtemps, que la

source d'information pour la synthèse de la structure associative spécifique de l'anticorps était l'antigène lui-même. Or il est établi aujourd'hui que la structure de l'anticorps ne doit rien à l'antigène : au sein de l'organisme des cellules spécialisées, produites en grand nombre, possèdent la propriété — unique — de « jouer à la roulette » sur une partie, bien définie, des segments génétiques qui déterminent la structure des anticorps. Le fonctionnement exact de cette roulette génétique spécialisée et ultra-rapide n'est pas encore entièrement élucidé : il est vraisemblable cependant qu'interviennent aussi bien des recombinaisons que des mutations, les unes et les autres en tout cas se produisant au hasard, dans l'ignorance totale de la structure de l'antigène. Celui-ci en revanche joue le rôle de sélecteur, favorisant différentiellement la multiplication de celles des cellules qui se trouvent produire un anticorps capable de le reconnaître.

Il est bien remarquable de trouver, à la base d'un des phénomènes d'adaptation moléculaire les plus exquisement précis qu'on connaisse, une source au hasard. Mais il est clair (*a posteriori*) que seule une telle source pouvait être assez riche pour offrir à l'organisme des moyens de défense en quelque sorte « tous azimuts ».

*
* *

Une autre difficulté pour la théorie sélective provient de ce qu'elle a été trop souvent comprise ou présentée comme faisant appel aux seules conditions du *milieu extérieur* comme agents de la sélection.

C'est là une conception tout à fait erronée. Car les pressions de sélection qu'exercent sur les organismes les conditions externes ne sont en aucun cas indépendantes des performances téléonomiques caractéristiques de l'espèce. Des organismes différents vivant dans la même « niche » écologique ont avec les conditions externes (y compris les autres organismes) des interactions très différentes et spécifiques. Ce sont ces interactions spécifiques, en partie « choisies » par l'organisme lui-même, qui déterminent la nature et l'orientation de la pression de sélection qu'il subit. Disons que les « conditions initiales » de sélection que rencontre une mutation nouvelle comprennent à la fois, et de façon indissoluble, le milieu extérieur et l'ensemble des structures et performances de l'appareil téléonomique.

**le comportement comme orientant les pressions de sélection**

Il est évident que la part des performances téléonomiques dans l'orientation de la sélection devient de plus en plus grande à mesure que s'élève le niveau d'organisation donc d'*autonomie* de l'organisme à l'égard du milieu. Et cela au point qu'on peut sans doute considérer cette part comme décisive chez les organismes supérieurs, dont la survie et la reproduction dépendent avant tout de leur comportement.

Il est en outre évident que le choix initial de tel ou tel type de comportement pourra souvent avoir une influence à très longue portée, non seulement pour l'espèce où il se sera manifesté sous forme rudimentaire pour la première fois, mais dans toute sa descendance, dût-elle constituer un groupe entier. Comme on sait, les grandes articulations de l'évolution ont été dues à l'invasion d'espaces écologiques nouveaux. Si les vertébrés tétrapodes sont apparus et ont pu donner le merveilleux épanouissement que représentent les

Amphibiens, les Reptiles, les Oiseaux et les Mammifères, c'est à l'origine parce qu'un poisson primitif a « choisi » d'aller explorer la terre où il ne pouvait cependant se déplacer qu'en sautillant maladroitement. Il créait ainsi, comme conséquence d'une modification de comportement, la pression de sélection qui devait développer les membres puissants des tétrapodes. Parmi les descendants de cet explorateur audacieux, ce Magellan de l'évolution, certains peuvent courir à plus de 70 km/h, d'autres grimpent aux arbres avec une stupéfiante agilité, d'autres enfin ont conquis l'air, accomplissant, prolongeant, amplifiant de façon prodigieuse le « rêve » du poisson ancestral.

Le fait que, dans l'évolution de certains groupes, on observe une tendance générale, soutenue pendant des millions d'années, au développement apparemment orienté de certains organes, témoigne de ce que le choix initial d'un certain type de comportement (devant l'agression d'un prédateur par exemple) engage l'espèce dans la voie d'un perfectionnement continu des structures et performances qui sont le support de ce comportement. C'est parce que les ancêtres du cheval avaient tôt choisi de vivre dans la plaine et de fuir à l'approche d'un prédateur (plutôt que de tenter de se défendre ou de se cacher) que l'espèce moderne, à la suite d'une longue évolution comprenant de multiples stades de réduction, marche aujourd'hui sur le bout d'un seul doigt.

On sait que certains comportements très précis et complexes, tels que l'étiquette prénuptiale des oiseaux, sont étroitement couplés à certaines caractéristiques morphologiques particulièrement voyantes. Il est certain que l'évolution de ce comportement et celle du caractère anatomique sur lequel il repose sont allées de pair, l'un appelant et renforçant l'autre sous la pression de la sélection sexuelle. Dès qu'elle commence à se développer dans une espèce, toute parure associée à la réussite de l'accouplement ne fait que renforcer, confirmer en somme, la pression de sélection initiale, et par conséquent favorise tout perfectionnement de cette parure même. Il est donc légitime de dire que c'est l'instinct sexuel, c'est-à-dire, après tout, le *désir* qui a créé les conditions de sélection de certains magnifiques plumages [1].

Lamarck pensait que la tension même des efforts déployés par un animal pour « réussir dans la vie » agissait en quelque manière sur son patrimoine héréditaire pour s'y incorporer et modeler directement sa descendance. Le cou immense de la girafe exprimait en somme la volonté constante qu'avaient eue ses ancêtres d'atteindre aux plus hautes branches des arbres. Hypothèse aujourd'hui inacceptable, bien entendu, mais on voit que la pure sélection, opérant sur les éléments du comportement, aboutit au résultat que Lamarck voulait expliquer : le couplage étroit des adaptations anatomiques et des performances spécifiques.

*
* *

C'est dans ces termes qu'il faut envisager le problème des pressions de sélection qui ont orienté l'évolution de l'homme. Problème d'un intérêt excep-

1. Cf. N. Tinbergen, *Social Behavior in Animals*, Methuen, Londres (1953).

tionnel, indépendamment même du fait que c'est de nous qu'il s'agit, et qu'à mieux discerner dans son évolution les racines de notre être, il se pourrait qu'on parvienne à le mieux comprendre dans sa nature actuelle. Car un observateur impartial, un Martien par exemple, devrait sans nul doute reconnaître que le développement de la performance spécifique de l'homme, le langage symbolique, événement unique dans la biosphère, ouvrait la voie à une *autre* évolution, créatrice d'un nouveau règne, celui de la culture, des idées, de la connaissance.

**le langage et l'évolution de l'homme**

Evénement unique : les linguistes modernes ont insisté sur le fait que le langage symbolique de l'homme est absolument irréductible aux moyens de communication très divers (auditifs, tactiles, visuels ou autres) employés par les animaux. Attitude justifiée sans aucun doute. Mais de là à affirmer que la discontinuité dans l'évolution a été absolue, que le langage humain *dès l'origine* ne devait strictement rien, par exemple, à un système d'appels et avertissements variés tels qu'en échangent les grands singes, cela me paraît un pas difficile à franchir, en tout cas une hypothèse inutile.

Le cerveau des animaux est sans aucun doute capable, non seulement d'enregistrer des informations, mais aussi de les associer et transformer, et de restituer le résultat de ces opérations sous forme d'une performance individuelle ; mais non, et c'est là le point essentiel, sous une forme qui permette de communiquer à un autre individu une association ou transformation originale, personnelle. C'est ce que permet au contraire le langage humain, que l'on peut considérer par définition comme né du jour où des combinaisons créatrices, des associations *nouvelles*, réalisées chez un individu, ont pu, transmises à d'autres, ne plus périr avec lui.

On ne connaît pas de langues primitives : chez toutes les races de notre unique espèce moderne l'instrument symbolique est parvenu sensiblement au même niveau de complexité et de pouvoir de communication. Selon Chomsky, d'ailleurs, la structure profonde, la « forme » de toutes les langues humaines serait la même. Les extraordinaires performances que la langue à la fois représente et autorise, sont évidemment associées au développement considérable du système nerveux central chez *Homo sapiens* ; développement qui constitue d'ailleurs son trait anatomique le plus distinctif.

On peut affirmer aujourd'hui que l'évolution de l'Homme, depuis ses plus lointains ancêtres connus, a porté avant tout sur le développement progressif de la boîte crânienne, donc du cerveau. Il a fallu à cela une pression de sélection orientée, continue, et soutenue depuis plus de deux millions d'années. Pression de sélection considérable, car cette durée est relativement courte, et *spécifique* car on n'observe rien de semblable dans aucune autre lignée : la capacité crânienne des singes anthropoïdes modernes n'est guère plus grande que celle de leurs ancêtres d'il y a quelques millions d'années.

Il est impossible de ne pas supposer qu'entre l'évolution privilégiée du système nerveux central de l'Homme et celle de la performance unique qui le caractérise, il n'y ait pas eu un couplage très étroit, qui aurait fait du langage non seulement le produit, mais l'une des conditions initiales de cette évolution.

L'hypothèse qui me paraît la plus vraisemblable est que, apparue très tôt dans notre lignée, la communication symbolique la plus rudimentaire, par les possibilités radicalement neuves qu'elle offrait, a constitué l'un de ces « choix » initiaux qui engagent l'avenir de l'espèce en créant une pression de sélection nouvelle ; cette sélection devait favoriser le développement de la performance linguistique elle-même et par conséquent celle de l'organe qui la sert, le cerveau. Il y a, je crois, en faveur de cette hypothèse, d'assez puissants arguments.

Les Hominiens authentiques les plus anciens qu'on connaisse aujourd'hui (les Australopithèques, que Leroi-Gourhan, avec raison, préfère appeler « Australanthropes ») possédaient déjà, c'est ce qui les définit d'ailleurs, les caractéristiques qui distinguent l'Homme de ses plus proches cousins, les Pongides (c'est-à-dire les singes anthropoïdes). Les Australanthropes avaient adopté la station debout, associée non seulement à une spécialisation du pied, mais à de nombreuses modifications du squelette et de la musculature, notamment de la colonne vertébrale et de la position du crâne par rapport à celle-ci. On a souvent insisté sur l'importance qu'avait dû avoir, dans l'évolution de l'Homme, la libération des servitudes de la marche à quatre pattes pratiquée par tous les anthropoïdes, à l'exception cependant du Gibbon. Nul doute que cette invention, très ancienne (antérieure aux Australanthropes), n'ait eu une extrême importance : seule elle pouvait permettre à nos ancêtres de devenir des chasseurs capables, sans cesser de marcher ou de courir, d'utiliser leurs membres antérieurs.

La capacité crânienne de ces Hominiens primitifs était cependant à peine supérieure à celle d'un chimpanzé et légèrement inférieure à celle d'un gorille. Le poids du cerveau n'est sûrement pas proportionnel à ses performances. Nul doute cependant qu'il ne leur impose une limite, et que l'*Homo sapiens* ne pouvait émerger que grâce au développement de sa boîte crânienne.

Quoi qu'il en soit, il paraît établi que si le cerveau du Zinjanthrope ne pesait pas plus que celui du Gorille, il était capable de performances inconnues des Pongides : le Zinjanthrope en effet avait une industrie, si primitive à vrai dire que ses « outils » ne sont reconnaissables comme artefacts que par la répétition des mêmes très frustes structures et par leur groupement autour de certains squelettes fossiles. Les grands singes utilisent des « outils » naturels, pierres ou branches d'arbre, lorsque l'occasion s'en présente, mais ils ne produisent rien de comparable à des artefacts façonnés selon une *norme* reconnaissable.

Ainsi le Zinjanthrope doit-il être considéré comme un *Homo faber* très primitif. Or il paraît très vraisemblable qu'entre le développement du langage et celui d'une industrie témoignant d'une activité projective et disciplinée, il dut y avoir une corrélation très étroite [1]. Il semble donc raisonnable de supposer que les Australanthropes possédaient un instrument de communication symbolique à la mesure de leur industrie rudimentaire. En outre, s'il est vrai comme le pense Dart [2], que les Australanthropes chassaient avec succès, entre autres animaux, des bêtes puissantes et dangereuses telles que le Rhinocéros,

1. Leroi-Gourhan, *Le Geste et la Parole*, Albin Michel (1964). — R.L. Holloway, *Current Anthropology*, 10, 395 (1969). — J. Bronowsky, in « To honor Roman Jakobson », Mouton, Paris, p. 374 (1967).

2. Cité d'après Leroi-Gourhan, *loc. cit.*

l'Hippopotame et la Panthère, il fallait que ce fût une performance convenue à l'avance par un groupe de chasseurs. Projet dont la formulation préalable aurait exigé l'emploi d'un langage.

A cette hypothèse paraît s'opposer le faible développement en volume du cerveau des Australanthropes. Mais de récentes expériences sur un jeune chimpanzé semblent montrer que, si les singes sont incapables d'apprendre le langage articulé, ils peuvent assimiler et utiliser quelques éléments du langage symbolique des sourds-muets [1]. Il est permis alors de supposer que l'acquisition du pouvoir de symbolisation articulée a pu tenir à des modifications neuromotrices, pas nécessairement très complexes, chez un animal qui n'était, à ce stade, pas plus intelligent qu'un chimpanzé actuel.

Mais il est évident qu'une fois ce pas franchi, l'usage d'un langage, si primitif fût-il, ne pouvait manquer d'accroître dans des proportions considérables la valeur de survie de l'intelligence, et donc de créer en faveur du développement du cerveau une pression de sélection puissante et orientée, telle qu'aucune espèce aphasique ne pouvait jamais en connaître. Aussitôt qu'existait un système de communication symbolique, les individus ou plutôt les groupes les mieux doués pour son emploi acquéraient sur les autres un avantage incomparablement plus grand que celui qu'aurait conféré une égale supériorité d'intelligence à des individus d'une espèce dépourvue de langage. On voit aussi que la pression de sélection due à l'usage d'un langage devait favoriser spéciale-

1. B.T. Gardner et R.A. Gardner, in *Behavior of non-human Primates,* Schrier et Stolnitz Edit., Academic Press, New York (1970).

ment l'évolution du système nerveux central dans le sens d'une intelligence d'un certain type : celui qui était le plus apte à exploiter cette performance particulière, spécifique, riche d'immenses pouvoirs.

Cette hypothèse n'aurait pour elle que d'être attrayante et raisonnable si elle n'était également appelée par certaines données relatives au langage actuel. L'étude de l'acquisition du langage par l'enfant suggère de façon irrésistible [1] que si ce processus nous semble miraculeux c'est qu'il est, par nature, profondément différent de l'apprentissage régulier d'un système de règles formelles. L'enfant n'apprend aucune règle, et il ne cherche nullement à imiter le langage des adultes. On pourrait dire qu'il en prend ce qui lui convient à chaque stade de son développement. Au tout premier (vers 18 mois) l'enfant peut avoir un stock d'une dizaine de mots qu'il emploie toujours isolément, sans jamais les associer, même par imitation. Plus tard il associera les mots par deux, par trois, etc., selon une syntaxe qui n'est pas non plus simple répétition ou imitation du langage adulte. Ce processus est semble-t-il universel et sa chronologie est la même pour toutes les langues. La facilité avec laquelle, en deux ou trois ans (après la première année), ce jeu de l'enfant avec la langue lui en apporte la maîtrise paraît toujours incroyable à l'observateur adulte.

**l'acquisition primaire du langage**

Aussi est-il difficile de n'y pas voir le reflet d'un processus embryologique, épigénétique, au cours duquel se développent les structures neurales sous-jacentes aux performances linguistiques. Cette hypothèse est confirmée par des observations relatives

1. E. Lenneberg, *Biological Foundations of Language*, Wiley, New York (1967).

aux aphasies d'origine traumatique. Survenues chez l'enfant, ces aphasies régressent d'autant plus vite et plus complètement qu'il est plus jeune. Ces lésions deviennent en revanche irréversibles lorsqu'elles ont lieu aux approches de la puberté, ou plus tard. Tout un ensemble d'observations, outre celles-ci, confirment qu'il existe un âge critique pour l'acquisition spontanée du langage. Comme chacun sait, apprendre une seconde langue à l'âge adulte exige un effort volontaire systématique et soutenu. Le statut de la langue ainsi apprise demeure pratiquement toujours inférieur à celui de la langue natale, spontanément acquise.

L'idée que l'acquisition primaire du langage est liée à un processus de développement épigénétique est confirmée par les données anatomiques. On sait en effet que la maturation du cerveau se poursuit après la naissance pour s'achever avec la puberté. Ce développement semble consister essentiellement en un enrichissement considérable des interconnexions des neurones corticaux. Ce processus, très rapide pendant les deux premières années, se ralentit ensuite. Il ne se poursuit pas (visiblement) au-delà de la puberté et couvre par conséquent la « période critique » pendant laquelle l'acquisition primaire est possible [1].

**l'acquisition du langage programmée dans le développement épigénétique du cerveau**

De là à penser que si, chez l'enfant, l'acquisition du langage paraît aussi miraculeusement spontanée c'est qu'il s'inscrit dans la trame même d'un développement épigénétique *dont l'une des fonctions est de l'accueillir*, il n'y a qu'un pas que, pour ma part, je n'hésite pas à franchir. Pour tenter d'être un peu plus précis : de cette croissance post-natale du

1. Lenneberg, *loc. cit.*

cortex dépend sans aucun doute le développement de la fonction cognitive elle-même. C'est l'acquisition du langage au cours même de cette épigénèse qui permettrait de l'associer à la fonction cognitive et cela de façon si intime qu'il est très difficile pour nous de dissocier, par l'introspection, la performance linguistique de la connaissance qu'elle explicite.

On admet en général que le langage ne constitue qu'une « superstructure », ce qu'il paraît, bien entendu, par l'extrême diversité des langues humaines, produits de la deuxième évolution, celle de la culture. Cependant l'ampleur et le raffinement chez *Homo sapiens* des fonctions cognitives ne trouvent, de toute évidence, leur raison d'être que dans et par le langage. Privées de cet instrument, elles sont, pour la plus grande part, inutilisables, paralysées. En ce sens, la capacité linguistique ne peut plus être considérée comme une superstructure. Il faut admettre qu'entre les fonctions cognitives et le langage symbolique qu'elles appellent et par quoi elles s'explicitent, il y a chez l'homme moderne une étroite symbiose, qui ne peut être le produit que d'une longue évolution commune.

On sait que, selon Chomsky et son école, sous l'extrême diversité des langues humaines, l'analyse linguistique en profondeur révèle une « forme » commune à toutes ces langues. Cette forme doit donc, d'après Chomsky, être considérée comme *innée* et caractéristique de l'espèce. Cette conception a scandalisé certains philosophes ou anthropologistes qui y voient un retour à la métaphysique cartésienne. A condition d'en accepter le contenu biologique implicite, cette conception ne me choque nullement. Elle me paraît naturelle au contraire, dès lors qu'on admet que l'évolution des structures corticales de l'homme n'a pu manquer d'être influencée, pour une part importante, par une capacité linguistique très tôt acquise à l'état le plus fruste. Ce qui revient à admettre que le langage articulé, lors de son apparition dans la lignée humaine, n'a pas seulement permis l'évolution de la culture, mais a contribué de façon décisive à l'évolution *physique* de l'homme. S'il en a bien été ainsi, la capacité linguistique qui se révèle au cours du développement épigénétique du cerveau fait aujourd'hui partie de la « nature humaine » elle-même définie au sein du génome dans le langage radicalement différent du code génétique. Miracle ? Certes puisqu'il s'agit en toute dernière analyse d'un produit du hasard. Mais le jour où le Zinjanthrope, ou quelqu'un de ses camarades, a pour la première fois usé d'un symbole articulé pour représenter une catégorie, il a de ce fait accru dans d'immenses proportions la probabilité qu'un jour émergerait un cerveau capable de concevoir la Théorie darwinienne de l'Evolution.

# 8

# Les frontières

Lorsqu'on songe à l'immense chemin parcouru par l'évolution depuis peut-être trois milliards d'années, à la prodigieuse richesse des structures qu'elle a créées, à la miraculeuse efficacité des performances des êtres vivants, de la Bactérie à l'Homme, on peut bien se reprendre à douter que tout cela puisse être le produit d'une énorme loterie, tirant au hasard des numéros parmi lesquels une sélection aveugle a désigné de rares gagnants.

A revoir dans leur détail les preuves aujourd'hui accumulées que cette conception est bien la seule qui soit compatible avec les faits (notamment avec les mécanismes moléculaires de la réplication, de la mutation et de la traduction), on retrouve la certitude, mais non pour autant une compréhension immédiate, synthétique et intuitive de l'évolution dans son ensemble. Le miracle est « expliqué » : il nous paraît encore miraculeux. Comme l'écrit Mauriac : « Ce que dit ce professeur est bien plus incroyable encore que ce que nous croyons, nous autres pauvres chrétiens. »



C'est vrai, comme il est vrai qu'on ne parvient pas à se faire une image mentale satisfaisante de certaines abstractions de la physique moderne. Mais nous savons aussi que de telles difficultés ne peuvent être prises pour argument contre une théorie qui a pour elle les certitudes de l'expérience et de la logique. Pour la physique, microscopique ou cosmologique, nous voyons la cause de l'incompréhension intuitive : l'échelle des phénomènes envisagés transcende les catégories de notre expérience immédiate. Seule l'abstraction peut suppléer à cette infirmité, sans la guérir. Pour la biologie la difficulté est d'un autre ordre. Les interactions élémentaires sur quoi tout repose sont d'appréhension relativement facile grâce à leur caractère mécanistique. C'est la phénoménale complexité des systèmes vivants qui défie toute représentation intuitive globale. En biologie comme en physique, il n'y a pas, dans ces difficultés subjectives, d'argument contre la théorie.

On peut dire aujourd'hui que les mécanismes élémentaires de l'évolution sont non seulement compris en principe, mais identifiés avec précision. La solution trouvée est d'autant plus satisfaisante qu'il s'agit des mécanismes mêmes qui assurent la stabilité des espèces : invariance réplicative de l'ADN, cohérence téléonomique des organismes.

L'évolution n'en demeure pas moins en biologie la notion centrale destinée à s'enrichir et à se préciser pendant longtemps encore. Pour l'essentiel, cependant, le problème est résolu et l'évolution ne figure plus aux frontières de la connaissance.

Ces frontières je les vois, pour ma part, aux deux extrémités de l'évolution : l'origine des premiers systèmes vivants d'une part, et d'autre part le fonctionnement du système le plus intensément téléonomique qui ait jamais émergé, je veux dire le système nerveux central de l'homme. Dans le présent chapitre, je voudrais tenter de délimiter ces deux frontières de l'inconnu.

***

On pourrait penser que la découverte des mécanismes universels sur lesquels reposent les propriétés essentielles des êtres vivants a éclairé la solution du problème des origines. En fait ces découvertes, en renouvelant presque entièrement la question, posée aujourd'hui en termes beaucoup plus précis, l'ont révélée plus difficile encore qu'elle ne paraissait auparavant.

On peut *a priori* définir trois étapes dans le processus qui a pu conduire à l'apparition des premiers organismes :

*a)* la formation sur la terre des constituants chimiques essentiels des êtres vivants, nucléotides et amino-acides ;

**le problème des origines**

*b)* la formation, à partir de ces matériaux, des premières macromolécules capables de réplication ;

*c)* l'évolution qui, autour de ces « structures réplicatives », a construit un appareil téléonomique, pour aboutir à la cellule primitive.

Les problèmes que pose l'interprétation de chacune de ces étapes sont différents.

La première, souvent appelée la phase « prébiotique », est assez largement accessible, non seulement à la théorie, mais à l'expérience. Si l'incertitude demeure, et demeurera sans doute, sur les voies qu'a suivies en fait l'évolution chimique prébiotique, le tableau d'ensemble paraît assez clair. Les conditions de l'atmosphère et de la croûte terrestre, il y a quatre milliards d'années, étaient favorables à l'accumulation de certains composés simples du carbone tels que le méthane. Il y avait aussi de l'eau et de l'ammoniac. Or, de ces composés simples et en présence de catalyseurs non biologiques, on obtient assez facilement de nombreux corps plus complexes, parmi lesquels figurent des acides aminés et des précurseurs des nucléotides (bases azotées, sucres). Le fait remarquable est que, dans certaines conditions, dont la réunion paraît très plausible, le rendement de ces synthèses en corps identiques ou analogues aux constituants de la cellule moderne est très élevé.

On peut donc considérer comme *prouvé* qu'à un moment donné sur la terre, certaines étendues d'eau *pouvaient* contenir en solution des concentrations élevées des constituants essentiels des deux classes de macromolécules biologiques, acides nucléiques et protéines. Dans cette « soupe prébiotique » diverses macromolécules pouvaient se former par polymérisation de leurs précurseurs, amino-acides et nucléotides. On a obtenu en effet au laboratoire, dans des conditions « plausibles », des polypeptides et des polynucléotides semblables par leur structure générale aux macromolécules « modernes ».

Jusque-là par conséquent, pas de difficultés majeures. Mais la première étape décisive n'est pas franchie : la formation de macromolécules capables, dans les conditions de la soupe primitive, de promouvoir leur propre réplication sans le secours d'aucun appareil téléonomique. Cette difficulté ne semble pas insurmontable. On a montré qu'une séquence polynucléotidique peut effectivement guider, par appariement spontané, la formation d'éléments de séquence complémentaire. Bien entendu un tel mécanisme ne pouvait être que très inefficace et sujet à d'innombrables erreurs. Mais, du moment où il entrait en jeu, les trois processus fondamentaux de l'évolution : réplication, mutation, sélection, avaient commencé d'opérer et devaient donner un avantage considérable aux macromolécules les plus aptes, par leur structure séquentielle, à se répliquer spontanément [1].

La troisième étape c'est, par hypothèse, l'émergence graduelle des systèmes téléonomiques qui, autour de la structure réplicative, devaient construire un *organisme*, une cellule primitive. C'est ici qu'on atteint le véritable « mur du son », car nous n'avons aucune idée de ce que pouvait être la structure d'une cellule primitive. Le système vivant le plus simple que nous connaissions, la cellule bactérienne, petite machinerie d'une complexité comme d'une efficacité extrêmes, avait peut-être atteint son présent état de perfection il y a plus d'un milliard d'années. Le plan d'ensemble de la chimie de cette cellule est le même que celui de tous les autres êtres vivants. Elle emploie le même code génétique et la même mécanique de traduction que les cellules humaines, par exemple.

Ainsi, les cellules les plus simples qu'il nous soit donné d'étudier n'ont rien de « primitif ». Elles sont le produit d'une sélection qui a pu, au travers de cinq cents ou mille milliards de générations, accumuler un appareillage téléonomique si puissant que les vestiges des structures vraiment primitives sont indiscernables. Reconstruire, sans fossiles, une telle évolution est impossible. Encore voudrait-on pouvoir au moins suggérer une hypothèse plausible quant à la voie suivie par cette évolution, surtout à son point de départ.

1. L. Orgel, *loc. cit.*

Le développement du système métabolique qui a dû, à mesure que s'appauvrissait la soupe primitive, « apprendre » à mobiliser le potentiel chimique et à synthétiser les constituants cellulaires pose des problèmes herculéens. Il en est de même pour l'émergence de la membrane à perméabilité sélective sans quoi il ne peut y avoir de cellule viable. Mais le problème majeur, c'est l'origine du code génétique et du mécanisme de sa traduction. En fait, ce n'est pas de « problème » qu'il faudrait parler, mais plutôt d'une véritable énigme.

**l'énigme de l'origine du code**

Le code n'a pas de sens à moins d'être traduit. La machine à traduire de la cellule moderne comporte environ cent cinquante constituants macromoléculaires *qui sont eux-mêmes codés dans l'ADN : le code ne peut être traduit que par des produits de traduction.* C'est l'expression moderne de *omne vivum ex ovo.* Quand et comment cette boucle s'est-elle fermée sur elle-même ? Il est excessivement difficile de l'imaginer. Mais le fait que le code soit aujourd'hui déchiffré et connu pour être universel permet au moins de poser le problème en termes précis ; en simplifiant un peu sous forme de l'alternative suivante :

*a)* la structure du code s'explique par des raisons chimiques, ou plus exactement stéréochimiques ; si un certain code a été « choisi » pour représenter un certain amino-acide, c'est parce qu'il existait entre eux une certaine affinité stéréochimique ;

*b)* la structure du code est chimiquement arbitraire ; le code, tel que nous le connaissons, résulte d'une série de choix au hasard qui l'ont enrichi peu à peu.

La première hypothèse paraît de loin la plus séduisante. D'abord parce qu'elle expliquerait l'universalité du code. Ensuite parce qu'elle permettrait d'imaginer un mécanisme primitif de traduction dans lequel l'alignement séquentiel des amino-acides pour former un polypeptide serait dû à une interaction directe entre les amino-acides et la structure réplicative elle-même. Enfin, et surtout, parce que cette hypothèse, si elle était vraie, serait en principe vérifiable. Aussi de nombreuses tentatives de vérification ont-elles été faites, dont le bilan doit être considéré, pour l'instant, comme négatif [1].

Peut-être le dernier mot n'a-t-il pas été dit sur ce sujet. En attendant une confirmation qui paraît improbable, on est ramené à la seconde hypothèse, désagréable pour des raisons méthodologiques, ce qui ne signifie nullement qu'elle soit inexacte. Désagréable pour plusieurs raisons. Elle n'explique pas l'universalité du code. Il faut alors admettre que, parmi de nombreuses tentatives d'élaboration, une seule a survécu. Ce qui en soi est très vraisemblable d'ailleurs, mais ne propose aucun modèle de traduction primitive. La spéculation doit alors y suppléer. Il n'en manque pas de très ingénieuses : le champ est libre, trop libre.

L'énigme demeure, qui masque aussi la réponse à une question d'un profond intérêt. La vie est apparue sur la terre : quel était *avant l'événement* la probabilité qu'il en fût ainsi ? L'hypothèse n'est pas exclue, au contraire, par la structure actuelle de la biosphère, que l'événement décisif ne se soit produit *qu'une seule fois*. Ce qui signifierait que sa probabilité *a priori* était quasi nulle.

1. Cf. F. Crick, *Journal of Molecular Biology*, 38, p. 367-379 (1968).

Cette idée répugne à la plupart des hommes de science. D'un événement unique la science ne peut rien dire ni rien faire. Elle ne peut « discourir » que sur des événements formant une classe, et dont la probabilité *a priori*, si faible soit-elle, est finie. Or par l'universalité même de ses structures, à commencer par le code, la biosphère apparaît comme le produit d'un événement unique. Il est possible, bien entendu, que ce caractère singulier soit dû à l'élimination, par la sélection, de beaucoup d'autres tentatives ou variantes. Mais rien n'impose cette interprétation.

La probabilité *a priori* que se produise un événement particulier parmi tous les événements possibles dans l'univers est voisine de zéro. Cependant l'univers existe ; il faut bien que des événements particuliers s'y produisent, dont la probabilité (avant l'événement) était infime. Nous n'avons, à l'heure actuelle, pas le droit d'affirmer, ni celui de nier que la vie soit apparue *une seule fois* sur la Terre, et que, par conséquent, avant qu'elle ne fût, ses chances d'être étaient quasi nulles.

Cette idée n'est pas seulement désagréable aux biologistes en tant qu'hommes de science. Elle heurte notre tendance humaine à croire que toute chose réelle dans l'univers actuel était nécessaire, et de tout temps. Il nous faut toujours être en garde contre ce sentiment si puissant du destin. La science moderne ignore toute immanence. Le destin s'écrit à mesure qu'il s'accomplit, pas avant. Le nôtre ne l'était pas avant que n'émerge l'espèce humaine, seule dans la biosphère à utiliser un système logique de communication symbolique. Autre événement unique qui devrait, par cela même, nous prévenir contre tout anthropocentrisme. S'il fut unique, comme peut-être le fut l'apparition de la vie elle-même, c'est qu'avant de paraître, ses chances étaient quasi nulles. L'Univers n'était pas gros de la vie, ni la biosphère de l'homme. Notre numéro est sorti au jeu de Monte-Carlo. Quoi d'étonnant à ce que, tel celui qui vient d'y gagner un milliard, nous éprouvions l'étrangeté de notre condition ?

*
* *

**l'autre frontière : le système nerveux central**

Le logicien pourrait avertir le biologiste que ses efforts pour « comprendre » le fonctionnement entier du cerveau humain sont voués à l'échec puisque aucun système logique ne saurait décrire intégralement sa propre structure. Cet avertissement serait hors de propos, tant on est loin encore de cette frontière absolue de la connaissance. De toute façon cette objection logique ne s'applique pas à l'analyse par l'homme du système nerveux central d'un animal. Système qu'on peut supposer moins complexe et moins puissant que le nôtre. Même dans ce cas, cependant, il demeure une difficulté majeure : l'expérience consciente d'un animal nous est impénétrable et sans doute le sera-t-elle toujours. Peut-on affirmer qu'une description exhaustive du fonctionnement du cerveau d'une grenouille, par exemple, serait possible, en principe, alors que cette donnée demeurerait inaccessible ? Il est permis d'en douter. De sorte que l'exploration du cerveau humain, malgré les barrières opposées à l'expérimentation, demeurera toujours irremplaçable, par la possibilité qu'elle offre de comparer les données objectives et subjectives relatives à une expérience.

Quoi qu'il en soit, la structure et le fonctionnement du cerveau peuvent et doivent être explorés simultanément à tous les niveaux accessibles avec l'espoir que ces recherches, très différentes par leurs méthodes comme par leur objet immédiat, convergeront un jour. Pour l'instant elles ne convergent guère que par la difficulté des problèmes qu'elles soulèvent toutes.

Parmi les plus difficiles et les plus importants, sont les problèmes que pose le développement épigénétique d'une structure aussi complexe que le système nerveux central. Chez l'homme, il comprend $10^{12}$ à $10^{13}$ neurones interconnectés par l'intermédiaire de quelque $10^{14}$ à $10^{15}$ synapses, dont certaines associent des cellules nerveuses éloignées les unes des autres. J'ai déjà mentionné l'énigme que propose la réalisation d'interactions morphogénétiques à distance et n'y reviendrai pas ici. Au moins de tels problèmes peuvent-ils être clairement posés grâce, notamment, à certaines remarquables expériences [1].

On ne saurait comprendre le fonctionnement du système nerveux central à moins de connaître celui de l'élément logique primaire que constitue la synapse. De tous les niveaux d'analyse c'est le plus accessible à l'expérience et des techniques raffinées ont livré une masse considérable de documents. On est loin encore, cependant, d'une interprétation de la transmission synaptique en termes d'interactions moléculaires. Problème essentiel cependant, puisque c'est là sans doute que réside l'ultime secret de la mémoire.

1. Sperry, *passim.*

On a depuis longtemps proposé que celle-ci est enregistrée sous forme d'une altération plus ou moins irréversible des interactions moléculaires responsables de la transmission de l'influx nerveux au niveau d'un ensemble de synapses. Cette théorie a pour elle toute la vraisemblance, mais pas de preuves directes [1].

Malgré cette profonde ignorance concernant les mécanismes primaires du système nerveux central, l'électrophysiologie moderne a fourni sur l'analyse et l'intégration des signaux nerveux, notamment dans certaines voies sensorielles, des résultats profondément signifiants.

D'abord sur les propriétés du neurone comme intégrateur des signaux qu'il peut recevoir (par l'intermédiaire des synapses) de nombreuses autres cellules. L'analyse a prouvé que le neurone est étroitement comparable, par ses performances, aux composants intégrés d'une calculatrice électronique. Il est capable comme ceux-ci d'effectuer par exemple toutes les opérations logiques de l'algèbre propositionnelle. Mais en outre il peut additionner ou soustraire différents signaux en tenant compte de leur coïncidence dans le temps, ainsi que modifier *la fréquence* des signaux qu'il émet en fonction de *l'amplitude* de ceux qu'il reçoit. En fait, il semble qu'aucun composant unitaire actuellement utilisé par les calculatrices

1. Une théorie selon laquelle la mémoire serait codée dans la séquence des radicaux de certaines macromolécules (acides ribonucléiques) a trouvé créance récemment auprès de certains physiologistes. Ceux-ci croyaient apparemment rejoindre ainsi et utiliser les conceptions tirées de l'étude du code génétique. Or cette théorie est insoutenable au regard, précisément, de nos connaissances actuelles sur le code et les mécanismes de la traduction.

modernes ne soit capable de performances aussi variées et finement modulées. Cependant l'analogie demeure impressionnante et la comparaison fructueuse entre les machines cybernétiques et le système nerveux central. Mais il faut voir qu'elle se limite encore aux niveaux inférieurs d'intégration : premiers degrés de l'analyse sensorielle par exemple. Les fonctions supérieures du cortex, dont le langage est l'expression, semblent y échapper encore totalement. On peut se demander s'il n'y a là qu'une différence « quantitative » (degré de complexité) ou « qualitative ». Cette question n'a pas de sens à mon avis. Rien ne permet de supposer que les interactions élémentaires soient de nature différente à différents niveaux d'intégration. S'il est un cas où la première loi de la dialectique est applicable, c'est bien celui-là.

*
* *

**fonctions du système nerveux central**

Le raffinement même des fonctions cognitives chez l'homme, et le foisonnement des applications qu'il en fait masquent pour nous les fonctions primordiales que remplit le cerveau dans la série animale (y compris l'homme). Peut-être peut-on énumérer et définir ces fonctions primordiales de la façon suivante :

1. assurer la commande et la coordination centrale de l'activité neuromotrice en fonction, notamment, des afférences sensorielles ;

2. contenir, sous forme de circuits génétiquement déterminés, des programmes d'action plus ou moins complexes ; les déclencher en fonction de stimuli particuliers ;

3. analyser, filtrer et intégrer les afférences sensorielles pour construire une représentation du monde extérieur adaptée aux performances spécifiques de l'animal ;

4. enregistrer les événements qui (compte tenu de la gamme des performances spécifiques) sont significatifs, les grouper en classes, selon leurs analogies ; associer ces classes selon les relations (de coïncidence ou de succession) des événements qui les constituent ; enrichir, raffiner et diversifier les programmes innés en y incluant ces expériences ;

5. imaginer, c'est-à-dire *représenter* et *simuler* des événements extérieurs, ou des programmes d'action de l'animal lui-même.

Les fonctions définies par les trois premiers alinéas sont remplies par le système nerveux central d'animaux qu'on ne qualifie généralement pas de supérieurs : arthropodes, par exemple. Les exemples les plus spectaculaires que l'on connaisse de programmes d'action innés très complexes se rencontrent chez les insectes. Il est douteux que les fonctions résumées par le paragraphe 4 jouent un rôle important chez ces animaux [1]. En revanche, elles contribuent de façon très importante au comportement des invertébrés supérieurs, tel le poulpe [2], ainsi bien entendu qu'à celui de tous les vertébrés.

Quant aux fonctions du paragraphe 5 que l'on pourrait qualifier de « projectives », sans doute sont-elles le privilège des seuls vertébrés supérieurs. Mais

1. A l'exception, peut-être, des abeilles.
2. J.Z. Young, « A model of the brain », Oxford University Press (1964).

ici, la barrière de la conscience s'interpose, et il se peut que nous ne sachions reconnaître les signes extérieurs de cette activité (le rêve, par exemple) que chez nos proches parents, sans que d'autres espèces en soient absolument privées.

Les fonctions 4 et 5 sont cognitives, tandis que celles des paragraphes 1, 2 et 3 sont uniquement coordinatrices et représentatives. Seules les fonctions 5 peuvent être créatrices *d'expérience subjective.*

**l'analyse des impressions sensorielles**

Selon la proposition du paragraphe 3, l'analyse par le système nerveux central des impressions sensorielles fournit une représentation appauvrie et orientée du monde extérieur. Une sorte de résumé où ne figure en pleine lumière que ce qui intéresse particulièrement l'animal en fonction de son comportement spécifique (c'est en somme un résumé « critique », le mot étant pris dans une acception complémentaire du sens kantien). L'expérience démontre abondamment qu'il en est bien ainsi. Par exemple, l'analyseur situé derrière l'œil d'une grenouille lui permet de voir une mouche (c'est-à-dire un point noir) en mouvement, mais non au repos [1]. De sorte que la grenouille ne happera que la mouche en vol. Il faut insister sur le fait, prouvé par l'analyse électrophysiologique, que ce n'est pas là le résultat d'un comportement qui ferait dédaigner par la grenouille un point noir immobile, comme ne représentant pas avec certitude une nourriture. L'image du point immobile s'imprime sans doute sur la rétine, mais elle n'est pas *transmise,* le système n'étant excité que par un objet en mouvement.

1. H.B. Barlow, *Journal of Physiology,* 119, p. 69-88 (1953).

Certaines expériences sur le chat [1] suggèrent une interprétation du fait mystérieux qu'un champ reflétant à la fois toutes les couleurs du spectre soit vu comme une plage *blanche*, alors que le blanc est subjectivement interprété comme absence de toute couleur. Les expérimentateurs ont montré que, par suite d'inhibitions croisées entre certains neurones répondant respectivement aux diverses longueurs d'ondes, ceux-ci n'envoyaient pas de signaux lorsque la rétine était exposée uniformément à la gamme entière des longueurs d'ondes visibles. Gœthe avait donc, en un sens subjectif, raison contre Newton. Erreur éminemment pardonnable à un poète.

Que les animaux soient capables de classer des objets ou des relations entre objets selon des catégories abstraites, notamment géométriques, ne fait aucun doute non plus : un poulpe ou un rat peut apprendre la notion de triangle, de cercle ou de carré et reconnaître sans faute ces figures pour leurs propriétés géométriques, indépendamment de la dimension, de l'orientation ou de la couleur dont on peut habiller l'objet réel qui leur est présenté.

L'étude des circuits qui analysent les figures présentées dans le champ de vision du chat démontre que ces exploits géométriques sont dus à la structure même des circuits qui filtrent et recomposent l'image rétinienne. Ces analyseurs imposent, en définitive, leurs propres restrictions à l'image, dont ils extraient certains éléments simples. Certaines cellules nerveuses, par exemple, ne répondent qu'à la figure d'une droite inclinée de gauche à droite ; d'autres à une droite

1. T.N. Wiesel et D.H. Hubel, *J. Neurophysiol.*, 29, p. 1115-1156 (1966).

inclinée en sens inverse. Les « notions » de la géométrie élémentaire ne sont donc pas tant représentées dans l'objet que par l'analyseur sensoriel, qui le perçoit et le recompose à partir de ses éléments les plus simples [1].

Ces découvertes modernes donnent donc raison, en un sens nouveau, à Descartes et à Kant, contre l'empirisme radical qui cependant n'a guère cessé de régner dans la science depuis deux cents ans, jetant la suspicion sur toute hypothèse supposant l' « innéité » des cadres de la connaissance. De nos jours encore certains éthologistes paraissent attachés à l'idée que les éléments du comportement, chez l'animal, sont ou bien innés ou bien appris, chacun de ces deux modes excluant absolument l'autre. Cette conception est entièrement erronée comme Lorenz l'a vigoureusement démontré [2]. Lorsque le comportement implique des éléments acquis par l'expérience, ils le sont selon un *programme* qui, lui, est inné, c'est-à-dire génétiquement déterminé. La structure du programme appelle et guide l'apprentissage qui s'inscrira donc dans une certaine « forme » préétablie, définie dans le patrimoine génétique de l'espèce. C'est sans doute ainsi qu'il faut interpréter le processus d'apprentissage primaire du langage chez l'enfant (cf. chap. 7). Il n'y a aucune raison de supposer qu'il n'en soit pas de même pour les catégories fondamentales de la connaissance chez l'Homme, et peut-être aussi pour bien d'autres éléments du comportement humain, moins fondamentaux,

**innéisme et empirisme**

1. D.H. Hubel et T.N. Wiesel, *Journal of Physiology*, 148, p. 574-591 (1959).
2. K. Lorenz, *Evolution and Modification of Behavior*, University of Chicago Press, Chicago (1965).

mais de grande signification pour l'individu et la société. De tels problèmes sont en principe accessibles à l'expérience. Les éthologistes en conduisent de semblables tous les jours. Expériences cruelles qu'il est impensable de pratiquer sur l'homme, sur l'enfant en fait. De sorte que par respect de soi-même, l'homme ne peut que s'interdire d'explorer certaines des structures constitutives de son être.

*
* *

La longue controverse sur l'innéité cartésienne des « idées », niée par les empiristes, rappelle celle qui a divisé les biologistes au sujet de la distinction entre phénotype et génotype. Distinction fondamentale, indispensable à la définition même du patrimoine héréditaire pour les généticiens qui l'avaient introduite, mais très suspecte aux yeux de beaucoup de biologistes non généticiens qui n'y voyaient qu'un artifice destiné à sauver le postulat de l'invariance du gène. On retrouve là, une fois de plus, l'opposition entre ceux qui ne veulent connaître que l'objet actuel, concret, dans sa présence entière, et ceux qui cherchent à y discerner la représentation masquée d'une forme idéale. Il n'y a que deux sortes de savants, disait Alain : ceux qui aiment les idées, et ceux qui haïssent les idées. Ces deux attitudes d'esprit s'opposent encore dans la science ; elles sont l'une et l'autre, par leur confrontation, nécessaires à ses progrès. On ne peut que regretter, pour les contempteurs d'idées, que ce progrès, auquel ils contribuent, leur donne invariablement tort.

En un sens, très important, les grands empiristes du

XVIIIe siècle n'avaient pas tort cependant. Il est parfaitement vrai que tout, chez les êtres vivants, vient de l'expérience, y compris l'innéité génétique, que ce soit le comportement stéréotypé des abeilles ou les cadres innés de la connaissance humaine. Mais pas de l'expérience actuelle, renouvelée par chaque individu, à chaque génération : de celle accumulée par l'ascendance entière de l'espèce au cours de l'évolution. Seule cette expérience puisée au hasard, seules ces tentatives innombrables, châtiées par la sélection, pouvaient, comme de tout autre organe, faire du système nerveux central un système adapté à sa fonction particulière. Pour le cerveau : donner du monde sensible une représentation adéquate aux performances de l'espèce, fournir le cadre qui permet de classer efficacement les données en elles-mêmes inutilisables de l'expérience immédiate et même, chez l'homme, simuler subjectivement l'expérience pour en anticiper les résultats et préparer l'action.

**la fonction de simulation**

C'est le puissant développement et l'usage intensif de la fonction de simulation qui me paraissent caractériser les propriétés uniques du cerveau de l'Homme. Cela au niveau le plus profond des fonctions cognitives, celui sur quoi le langage repose et que sans doute il n'explicite qu'en partie. Cette fonction n'est pas exclusivement humaine cependant. Le jeune chien qui manifeste sa joie en voyant son maître se préparer à la promenade imagine évidemment, c'est-à-dire simule par anticipation, les découvertes qu'il va faire, les aventures qui l'attendent, les frayeurs délicieuses qu'il éprouvera, sans danger, grâce à la rassurante présence de son protecteur. Plus tard, il simulera tout cela à nouveau, pêle-mêle, en rêve.

Chez l'animal, comme aussi chez le jeune enfant,

la simulation subjective ne semble que partiellement dissociée de l'activité neuromotrice. Son exercice se traduit par le jeu. Mais chez l'homme, la simulation subjective devient la fonction supérieure par excellence, la fonction créatrice. C'est elle qui est reflétée par la symbolique du langage qui l'explicite en transposant et résumant ses opérations. De là le fait, souligné par Chomsky, que le langage, même dans ses emplois les plus humbles, est presque toujours novateur : c'est qu'il traduit une expérience subjective, une simulation particulière, toujours nouvelle. C'est en cela aussi que le langage humain diffère radicalement de la communication animale. Celle-ci se réduit à des appels ou avertissements correspondant à un certain nombre de situations concrètes stéréotypées. L'animal le plus intelligent, capable sans doute de simulations subjectives assez précises, ne dispose d'aucun moyen de « libérer sa conscience », si ce n'est en indiquant grossièrement dans quel *sens* joue son imagination. L'Homme, lui, sait parler ses expériences subjectives : l'expérience nouvelle, la rencontre créatrice ne périt plus avec celui chez qui elle aura été, pour la première fois, simulée.

Tous les hommes de science ont dû, je pense, prendre conscience de ce que leur réflexion, au niveau profond, n'est pas verbale : c'est une *expérience imaginaire*, simulée à l'aide de formes, de forces, d'interactions qui ne composent qu'à peine une « image » au sens visuel du terme. Je me suis moi-même surpris, n'ayant à force d'attention centrée sur l'expérience imaginaire plus rien d'autre dans le champ de la conscience, à m'identifier à une molécule de protéine. Cependant ce n'est pas à ce moment qu'apparaît la signification de l'expérience simulée, mais seulement une fois explicitée symboliquement. Je ne crois pas en effet qu'il faille considérer les images non visuelles sur lesquelles opère la simulation comme des symboles, mais plutôt, si j'ose ainsi dire, comme la « réalité » subjective et abstraite, directement offerte à l'expérience imaginaire.

Quoi qu'il en soit, dans l'usage courant, le processus de simulation est entièrement masqué par la parole qui le suit presque immédiatement et semble se confondre avec la pensée elle-même. Mais on sait que de nombreuses observations objectives prouvent que chez l'homme les fonctions cognitives, même complexes, ne sont pas immédiatement liées à la parole (ou tout autre moyen d'expression symbolique). On peut citer notamment les études faites sur divers types d'aphasie. Peut-être les expériences les plus impressionnantes sont-elles celles, récentes, de Sperry [1], sur des sujets dont les deux hémisphères cérébraux avaient été séparés par section chirurgicale du « corpus callosum ». L'œil droit et la main droite, chez ces sujets, ne communiquent d'information qu'à l'hémisphère gauche, et réciproquement. Ainsi un objet vu par l'œil gauche, ou palpé par la main gauche, est reconnu, sans que le sujet puisse le nommer. Or dans certains tests difficiles où il s'agissait d'apparier la forme (tridimensionnelle) d'un objet tenu dans l'une des deux mains au développement *en plan* de cette forme, représentée sur un écran, l'hémisphère droit (aphasique) se montrait de beaucoup supérieur à l'hémisphère « dominant » (gauche), et plus rapide dans la discrimination. Il est tentant de spéculer sur la possibilité qu'une part importante,

1. J. Levi-Agresti et R.W. Sperry, *Proceedings of the National Academy of Sciences*, 61, p. 1151 (1968).

peut-être la plus « profonde », de la simulation subjective soit assurée par l'hémisphère droit.

*
* *

S'il est légitime de considérer que la pensée repose sur un processus de simulation subjective, il faut admettre que le haut développement de cette faculté chez l'homme est le résultat d'une évolution au cours de laquelle c'est dans l'action concrète, préparée par l'expérience imaginaire, que l'efficacité de ce processus, sa valeur de survie, a été éprouvée par la sélection. C'est donc pour sa capacité de représentation adéquate et de prévision exacte *confirmée par l'expérience concrète* que le pouvoir de simulation du système nerveux central, chez nos ancêtres, a été poussé jusqu'à l'état atteint chez *Homo sapiens*. Le simulateur subjectif n'avait pas le droit de se tromper quand il s'agissait d'organiser une chasse à la panthère avec les armes dont pouvait disposer l'Australanthrope, le Pithécanthrope, ou même l'*Homo sapiens* de Cro-Magnon. C'est pour cela que l'instrument logique inné, hérité de nos ancêtres, ne nous trompe pas et nous permet de « comprendre » les événements de l'univers, c'est-à-dire de les décrire en langage symbolique et de les prévoir, pourvu que les éléments d'information nécessaires soient fournis au simulateur.

Instrument d'anticipation s'enrichissant sans cesse des résultats de ses propres expériences, le simulateur est l'instrument de la découverte et de la création. C'est l'analyse de la logique de son fonctionnement subjectif qui a permis de formuler les règles de la logique objective et de créer de nouveaux instruments symboliques, tels que les mathématiques. De grands esprits (Einstein) se sont souvent émerveillés, à bon droit, du fait que les êtres mathématiques créés par l'homme puissent représenter aussi fidèlement la nature, alors qu'ils ne doivent rien à l'expérience. Rien, c'est vrai, à l'expérience individuelle et concrète, mais tout aux vertus du simulateur forgé par l'expérience innombrable et cruelle de nos humbles ancêtres. En confrontant systématiquement la logique et l'expérience, selon la méthode scientifique, c'est en fait toute l'expérience de ces ancêtres que nous confrontons avec l'expérience actuelle.

***

Si nous pouvons deviner l'existence de ce merveilleux instrument, si nous savons traduire, par le langage, le résultat de ses opérations, nous n'avons aucune idée de son fonctionnement, de sa structure. L'expérimentation physiologique est, à cet égard, presque impuissante encore. L'introspection, avec tous ses dangers, nous en dit malgré tout un peu plus. Reste l'analyse du langage qui cependant ne révèle le processus de simulation qu'au travers de transformations inconnues et n'explicite sans doute pas toutes ses opérations.

**l'illusion dualiste et la présence de l'esprit**

Voilà la frontière, presque aussi infranchissable encore pour nous qu'elle l'était pour Descartes. Tant qu'elle n'est pas franchie, le dualisme conserve en somme sa vérité opérationnelle. La notion de cerveau et celle d'esprit ne se confondent pas plus pour nous dans le vécu actuel que pour les hommes du XVII$^{e}$ siècle. L'analyse objective nous oblige à voir une illusion dans le dualisme apparent de l'être. Illusion pourtant si intimement attachée à l'être lui-même qu'il serait bien vain d'espérer jamais la dissiper dans l'appréhension immédiate de la subjectivité, ou d'apprendre à vivre affectivement, moralement, sans elle. Et pourquoi d'ailleurs le faudrait-il ? Qui pourrait douter de la présence de l'esprit ? Renoncer à l'illusion qui voit dans l'âme une « substance » immatérielle, ce n'est pas nier son existence, mais au contraire commencer de reconnaître la complexité, la richesse, l'insondable profondeur de l'héritage génétique et culturel, comme de l'expérience personnelle, consciente ou non, qui ensemble constituent l'être que nous sommes, unique et irrécusable témoin de soi-même.

# 9

# Le Royaume et les ténèbres

Du jour, avons-nous dit, où l'Australanthrope ou quelqu'un de ses congénères parvint à communiquer, non plus seulement une expérience concrète et actuelle, mais le contenu d'une expérience subjective, d'une « simulation » personnelle, un nouveau règne était né : celui des idées. Une évolution nouvelle, celle de la culture, devenait possible. L'évolution physique de l'Homme devait se poursuivre longtemps encore, désormais étroitement associée à celle du langage, subissant profondément son influence qui bouleversait les conditions de la sélection.

**pressions de sélection dans l'évolution de l'Homme**

L'homme moderne est le produit de cette symbiose évolutive. Il est incompréhensible, indéchiffrable, dans toute autre hypothèse. Tout être vivant est *aussi* un fossile. Il porte en soi, et jusque dans la structure microscopique de ses protéines, les traces, sinon les stigmates, de son ascendance. Cela est vrai de l'homme bien plus encore que de toute autre espèce animale en raison de la dualité, physique et « idéelle », de l'évolution dont il est l'héritier.

On peut penser que pendant des centaines de millénaires, l'évolution idéelle n'a précédé que de peu l'évolution physique qui la contraignait par le faible développement d'un cortex capable seulement d'anticiper des événements directement liés à la survie immédiate. D'où l'intense pression de sélection qui devait pousser au développement du pouvoir de simulation et du langage qui en explicite les opérations. D'où aussi la rapidité, surprenante, de cette évolution dont témoignent les crânes fossiles.

Mais à mesure que cette évolution conjointe se poursuivait, sa composante idéelle ne pouvait que prendre plus d'indépendance à l'égard des contraintes que levait peu à peu le développement même du système nerveux central. Du fait de cette évolution, l'Homme étendait sa domination sur l'univers subhumain et souffrait moins des dangers qu'il recelait pour lui. La pression de sélection qui avait guidé la première phase de l'évolution pouvait alors se relâcher, et en tout cas prenait un autre caractère. Dominant désormais son environnement, l'Homme n'avait plus devant soi d'adversaire sérieux que lui-même. La lutte intraspécifique directe, la lutte à mort, devenait dès lors l'un des principaux facteurs de sélection dans l'espèce humaine. Phénomène extrêmement rare dans l'évolution des animaux. De nos jours la guerre intraspécifique, entre races ou groupes distincts, est inconnue dans les espèces animales. Chez les grands mammifères, même le combat singulier, fréquent entre les mâles, n'entraîne que rarement la mort du vaincu. Tous les spécialistes s'accordent à penser que la lutte directe, le « struggle for life » de Spencer, n'a joué qu'un rôle mineur dans l'évolution des espèces. Il n'en va pas de même pour l'Homme. A partir tout au moins d'un certain degré de développement et d'expansion de l'espèce, la guerre tribale ou raciale a évidemment joué un rôle important comme facteur d'évolution. Il est très possible que la disparition brutale de l'homme de Néanderthal soit le résultat d'un génocide commis par *Homo sapiens* notre ancêtre. Ce ne devait pas être le dernier : on connaît assez de génocides historiques.

Dans quel sens cette pression de sélection devait-elle pousser l'évolution humaine ? Bien entendu elle a pu favoriser l'expansion de races mieux douées d'intelligence, d'imagination, de volonté, d'ambition. Mais elle a dû aussi favoriser la cohésion de la bande, l'agressivité du groupe plus encore que le courage solitaire, le respect des lois de la tribu plus que l'initiative.

J'accepte toutes les critiques qu'on voudra faire à ce schéma simpliste. Je ne prétends pas diviser l'évolution humaine en deux phases distinctes. Je n'ai tenté que d'énumérer les principales pressions de sélection qui, certainement, ont joué un rôle majeur dans l'évolution non seulement culturelle, mais physique de l'homme. Le point important c'est que, pendant ces centaines de milliers d'années, l'évolution culturelle ne pouvait pas ne pas influencer l'évolution physique ; chez l'homme plus encore que chez tout autre animal, et en raison même de son autonomie infiniment supérieure, c'est le *comportement* qui *oriente* la pression de sélection. Et dès lors que le comportement cessait d'être principalement automatique pour devenir culturel, les traits culturels eux-mêmes devaient exercer leur pression sur l'évolution du génome.

Ceci jusqu'au moment cependant où la rapidité croissante de l'évolution culturelle devait en dissocier complètement celle du génome.

***

Il est évident qu'au sein des sociétés modernes, la dissociation est totale. La sélection y a été supprimée. Du moins n'a-t-elle plus rien de « naturel » au sens darwinien du terme. Dans nos sociétés et dans la mesure où joue encore une sélection, elle ne favorise pas la « survivance du plus apte », c'est-à-dire en termes plus modernes la survivance *génétique* de ce « plus apte », par une expansion plus grande de sa descendance. L'intelligence, l'ambition, le courage, l'imagination sont certes toujours des facteurs de succès dans les sociétés modernes. Mais de succès *personnel*, et non *génétique*, le seul qui compte pour l'évolution. Bien au contraire. Comme chacun sait, les statistiques révèlent une corrélation négative entre le quotient d'intelligence (ou le niveau de culture) et le nombre moyen d'enfants des couples. Ces mêmes statistiques démontrent en revanche qu'il existe pour le quotient d'intelligence une forte corrélation positive entre époux. Situation dangereuse, qui risque de drainer peu à peu vers une élite qui tendrait en valeur relative à se restreindre, le potentiel génétique le plus élevé.

**dangers de dégradation génétique dans les sociétés modernes**

Il y a plus : à une époque encore récente, même dans les sociétés relativement « avancées », l'élimination des moins aptes, physiquement et aussi intellectuellement, était automatique et cruelle. La plupart n'atteignaient pas l'âge de la puberté. Aujourd'hui, beaucoup de ces infirmes génétiques survivent assez longtemps pour se reproduire. Grâce aux progrès de la connaissance et de l'éthique sociale, le mécanisme qui défendait l'espèce contre la dégradation, inévitable lorsque la sélection naturelle est abolie, ne fonctionne plus guère que pour les tares les plus graves.

A ces dangers, souvent signalés, on a parfois opposé les remèdes attendus des récents progrès de la génétique moléculaire. Il faut dissiper cette illusion, répandue par quelques demi-savants. Sans doute pourra-t-on pallier certaines tares génétiques, *mais seulement pour l'individu frappé,* non dans sa descendance. Non seulement la génétique moléculaire moderne ne nous propose *aucun moyen* d'agir sur le patrimoine héréditaire pour l'enrichir de traits nouveaux, pour créer un « surhomme » génétique, mais elle révèle la vanité d'un tel espoir : l'échelle microscopique du génome interdit pour l'instant et sans doute à jamais de telles manipulations. Chimères de science-fiction à part, le seul moyen d'« améliorer » l'espèce humaine serait d'opérer une sélection délibérée et sévère. Qui voudra, qui osera l'employer ?

Le danger, pour l'espèce, des conditions de non-sélection, ou de sélection à rebours, qui règnent dans les sociétés avancées, est certain. Il ne pourrait cependant devenir très sérieux qu'à longue échéance : disons dix ou quinze générations, plusieurs siècles. Or, les sociétés modernes sont exposées à des menaces autrement pressantes et graves.

***

Je ne parle pas ici de l'explosion démographique, de la destruction de la nature, ni même des mégatonnes ; mais d'un mal bien plus profond et plus grave, un mal de l'âme. Celui-là c'est le plus grand tournant de l'évolution idéelle qui l'a créé et sans cesse l'aggrave. Le prodigieux développement de la connaissance depuis trois siècles contraint aujourd'hui l'homme à une révision déchirante de la conception, enracinée depuis des dizaines de milliers d'années, qu'il se faisait de lui-même et de sa relation avec l'univers.

Tout cela cependant, le mal de l'âme comme la puissance des mégatonnes, nous vient d'une simple idée : la nature est objective, la vérité de la connaissance ne peut avoir d'autre source que la confrontation systématique de la logique et de l'expérience. On a peine à comprendre comment il a pu se faire que, dans le royaume des idées, celle-là, si simple et si claire, n'ait pu paraître en pleine lumière que cent mille ans après l'émergence de l'*Homo sapiens* ; comment il se fait que des civilisations des plus hautes, telle la chinoise, l'aient ignorée, pour ne l'apprendre que de l'Occident ; ni pourquoi, en Occident même, il fallut près de 2 500 ans, de Thalès et Pythagore à Galilée, Descartes, Bacon, pour qu'enfin elle se dégage de la gangue qui l'enfermait dans la pure pratique des arts mécaniques.

Il est tentant, pour un biologiste, de comparer l'évolution des idées à celle de la biosphère. Car si le Royaume abstrait transcende la biosphère plus encore que celle-ci l'univers non vivant, les idées ont conservé certaines des propriétés des organismes. Comme eux elles tendent à perpétuer leur structure et à la multiplier, comme eux elles peuvent fusionner, recombiner, ségréger leur contenu, comme eux enfin elles évoluent et dans cette évolution la sélection, sans aucun doute, joue un grand rôle. Je ne me

**la sélection des idées**

hasarderai pas à proposer une théorie de la sélection des idées. Mais on peut au moins tenter de définir certains des principaux facteurs qui y jouent un rôle. Cette sélection doit nécessairement opérer à deux niveaux : celui de l'esprit lui-même et celui de la performance.

La valeur de performance d'une idée tient à la modification de comportement qu'elle apporte à l'individu ou au groupe qui l'adopte. Celle qui confère au groupe humain qui la fait sienne plus de cohésion, d'ambition, de confiance en soi, lui donnera de ce fait un surcroît de puissance d'expansion qui assurera la promotion de l'idée elle-même. Cette valeur de promotion est sans rapport nécessaire avec la part de vérité objective que l'idée peut comporter. La puissante armature que constitue pour une société une idéologie religieuse ne doit rien à sa structure en elle-même, mais au fait que cette structure est acceptée, qu'elle s'impose. Aussi ne peut-on que difficilement séparer le pouvoir d'invasion d'une telle idée et son pouvoir de performance.

Le pouvoir d'invasion, en soi, est bien plus difficile à analyser. Disons qu'il dépend des structures préexistantes de l'esprit, parmi lesquelles les idées déjà véhiculées par la culture mais aussi, sans aucun doute, certaines structures innées qu'il nous est bien difficile d'ailleurs d'identifier. Mais on voit bien que les idées douées du plus haut pouvoir d'invasion sont celles qui *expliquent* l'homme en lui assignant sa place dans une destinée immanente, au sein de laquelle se dissout son angoisse.

⁂

Pendant des centaines de milliers d'années la destinée d'un homme se confondait avec celle de son groupe, de sa tribu, hors laquelle il ne pouvait survivre. La tribu, quant à elle, ne pouvait survivre et se

**l'exigence d'explication**

défendre que par sa cohésion. D'où l'extrême puissance subjective des lois qui organisaient et garantissaient cette cohésion. Tel homme peut-être pouvait parfois les enfreindre ; aucun sans doute n'aurait songé à les nier. Etant donné l'immense importance sélective qu'ont nécessairement assumée de telles structures sociales, et pendant de si longues durées, il est difficile de ne pas penser qu'elles ont dû influencer l'évolution génétique des catégories innées du cerveau humain. Cette évolution devait non seulement faciliter l'acceptation de la loi tribale, mais créer le *besoin* de l'explication mythique qui la fonde en lui conférant la souveraineté. Nous sommes les descendants de ces hommes. C'est d'eux sans doute que nous avons hérité l'exigence d'une explication, l'angoisse qui nous contraint à chercher le sens de l'existence. Angoisse créatrice de tous les mythes, de toutes les religions, de toutes les philosophies et de la science elle-même.

Que cet impérieux besoin soit inné, inscrit quelque part dans le langage du code génétique, qu'il se développe spontanément, je n'en doute guère pour ma part. Hors l'espèce humaine, on ne trouve nulle part dans le règne animal d'organisations sociales très hautement différenciées, si ce n'est chez certains insectes : fourmis, termites ou abeilles. Chez les insectes sociaux la stabilité des institutions ne doit à peu près rien à un héritage culturel, mais tout à la transmission génétique. Le comportement social est entièrement inné, automatique.

Chez l'homme les institutions sociales, purement culturelles, ne pourront jamais atteindre à une telle stabilité ; qui le souhaiterait d'ailleurs ? L'invention des mythes et des religions, la construction de vastes systèmes philosophiques sont le prix que l'homme a dû payer pour survivre en tant qu'animal social sans se plier à un pur automatisme. Mais l'héritage purement culturel ne serait pas assez sûr, pas assez puissant à lui seul, pour étayer les structures sociales. Il fallait à cet héritage un support génétique qui en fasse une nourriture exigée par l'esprit. S'il n'en était pas ainsi, comment expliquer l'universalité, dans notre espèce, du phénomène religieux à la base de la structure sociale ? Comment expliquer en outre que, dans l'immense diversité des mythes, des religions ou des idéologies philosophiques, la même « forme » essentielle se retrouve ?

**les ontogénies mythiques et méta-physiques**

Il est facile de voir que les « explications » destinées à fonder la loi en apaisant l'angoisse, sont toutes des « histoires » ou, plus exactement, des ontogénies. Les mythes primitifs se rapportent presque tous à des héros plus ou moins divins dont la geste explique les origines du groupe et fonde sa structure sociale sur des traditions intouchables : on ne refait pas l'histoire. Les grandes religions sont de même forme, reposant sur l'histoire de la vie d'un prophète inspiré qui, s'il n'est pas lui-même le fondateur de toutes choses, le représente, parle pour lui et dit l'histoire des hommes ainsi que leur destinée. De toutes les grandes religions, le judéo-christianisme est sans doute la plus « primitive » par sa structure historiciste, directement attachée à la geste d'une tribu bédouine, avant d'être enrichie par un prophète divin. Le bouddhisme au contraire, plus hautement différencié, s'attache uniquement, dans sa forme originale, au karma, la loi transcendante qui régit la destinée individuelle. C'est une histoire des âmes, plus que des hommes.

De Platon à Hegel et Marx, les grands systèmes philosophiques proposent tous des ontogénies à la fois explicatives et normatives. Chez Platon, il est vrai, l'ontogénie est à rebours. Dans l'histoire il ne voit que corruption graduelle des formes Idéales et, dans *la République,* c'est une machine à remonter le temps qu'il veut en somme mettre en marche.

Pour Marx comme pour Hegel, l'histoire se déroule selon un plan immanent, nécessaire et favorable. L'immense pouvoir sur les esprits de l'idéologie marxiste n'est pas dû seulement à sa promesse d'une libération de l'Homme mais aussi, et sans doute avant tout, à sa structure ontogénique, à l'explication qu'elle donne, entière et détaillée, de l'histoire passée, présente et future. Cependant, limité à l'histoire humaine et même paré des certitudes de la « science », le matérialisme historique demeurait incomplet. Il fallait y ajouter le matérialisme dialectique qui, lui, apporte l'interprétation totale que l'esprit exige : l'histoire humaine et celle du cosmos y sont associées comme obéissant aux mêmes lois éternelles.

*
* *

la rupture de l'« ancienne alliance » animiste et le mal de l'âme moderne

S'il est vrai que le besoin d'une explication entière est inné, que son absence est source de profonde angoisse ; si la seule forme d'explication qui sache apaiser l'angoisse est celle d'une histoire totale qui révèle la signification de l'Homme en lui assignant dans les plans de la nature une place nécessaire ; si pour paraître vraie, signifiante, apaisante, l'« explication » doit se fondre dans la longue tradition animiste [1], on comprend alors pourquoi il fallut tant de millénaires pour que paraisse dans le royaume des idées celle de la connaissance objective comme *seule* source de vérité authentique.

Cette idée austère et froide, qui ne propose aucune explication mais impose un ascétique renoncement à toute autre nourriture spirituelle, ne pouvait calmer l'angoisse innée ; elle l'exaspérait au contraire. Elle prétendait, d'un trait, effacer une tradition cent fois millénaire, assimilée à la nature humaine elle-même ; elle dénonçait l'ancienne alliance animiste de l'Homme avec la nature, ne laissant à la place de ce lien précieux qu'une quête anxieuse dans un univers glacé de solitude. Comment une telle idée, qui semblait n'avoir pour soi qu'une puritaine arrogance, pouvait-elle être acceptée ? Elle ne l'a pas été ; elle ne l'est pas encore. Si elle s'est malgré tout imposée, c'est en raison, uniquement, de son prodigieux pouvoir de performance.

En trois siècles la science, fondée par le postulat d'objectivité, a conquis sa place dans la société : dans la pratique, mais pas dans les âmes. Les sociétés modernes sont construites sur la science. Elle

1. Peut-être faut-il souligner à nouveau que j'emploie ce qualificatif dans un sens particulier, défini dans le chap. 2 (cf. p. 49).

lui doivent leur richesse, leur puissance et la certitude que des richesses et des pouvoirs bien plus grands encore seront demain, s'il le veut, accessibles à l'Homme. Mais aussi, de même qu'un « choix » initial dans l'évolution biologique d'une espèce peut engager l'avenir de toute sa descendance, de même le choix, inconscient à l'origine, d'une *pratique* scientifique a-t-il lancé l'évolution de la culture dans une voie à sens unique ; trajet que le progressisme scientiste du XIXe siècle voyait déboucher infailliblement sur un épanouissement prodigieux de l'humanité, alors que nous voyons aujourd'hui se creuser devant nous un gouffre de ténèbres.

Les sociétés modernes ont accepté les richesses et les pouvoirs que la science leur découvrait. Mais elles n'ont pas accepté, à peine ont-elles entendu, le plus profond message de la science : la définition d'une nouvelle et unique source de vérité, l'exigence d'une révision totale des fondements de l'éthique, d'une rupture radicale avec la tradition animiste, l'abandon définitif de l'« ancienne alliance », la nécessité d'en forger une nouvelle. Armées de tous les pouvoirs, jouissant de toutes les richesses qu'elles doivent à la Science, nos sociétés tentent encore de vivre et d'enseigner des systèmes de valeurs déjà ruinés, à la racine, par cette science même.

Aucune société, avant la nôtre, n'a connu pareil déchirement. Dans les cultures primitives comme dans les classiques, les sources de la connaissance et celles des valeurs étaient confondues par la tradition animiste. Pour la première fois dans l'histoire, une civilisation tente de s'édifier en demeurant désespérément attachée, pour justifier ses valeurs, à la tradition animiste, tout en l'abandonnant comme source de connaissance, de *vérité.* Les sociétés « libérales » d'Occident enseignent encore, du bout des lèvres, comme base de leur morale, un écœurant mélange de religiosité judéo-chrétienne, de progressisme scientiste, de croyance en des droits « naturels » de l'homme et de pragmatisme utilitariste. Les sociétés marxistes professent toujours la religion matérialiste et dialectique de l'histoire ; cadre moral plus solide d'apparence que celui des sociétés libérales, mais plus vulnérable peut-être en raison de la rigidité même qui en avait fait jusqu'ici la force. Quoi qu'il en soit, tous ces systèmes enracinés dans l'animisme sont hors de la connaissance objective, hors de la vérité, étrangers et en définitive *hostiles* à la science, qu'ils veulent utiliser, mais non respecter et servir. Le divorce est si grand, le mensonge si flagrant, qu'il obsède et déchire la conscience de tout homme pourvu de quelque culture, doué de quelque intelligence et habité par cette anxiété morale qui est la source de toute création. C'est-à-dire de tous ceux, parmi les hommes, qui portent ou porteront les responsabilités de la société et de la culture dans leur évolution.

Le mal de l'âme moderne c'est ce mensonge, à la racine de l'être moral et social. C'est ce mal, plus ou moins confusément diagnostiqué, qui provoque le sentiment de crainte sinon de haine, en tout cas d'aliénation qu'éprouvent tant d'hommes d'aujourd'hui à l'égard de la culture scientifique. Le plus souvent c'est envers les sous-produits technologiques de la science que s'exprime ouvertement l'aversion : la bombe, la destruction de la Nature, la démographie menaçante. Il est facile, bien entendu, de répliquer que la technologie n'est pas la science et que d'ailleurs l'emploi de l'énergie atomique sera, bientôt, indispensable à la survie de l'humanité ; que la destruction de la nature dénonce une technologie insuffisante et non pas trop de technologie ; que l'explosion démographique est due à ce que des enfants par millions sont sauvés de la mort chaque année : faut-il à nouveau les laisser mourir ?

Discours superficiel, qui confond les signes avec les causes profondes du mal. C'est bien au message essentiel de la science que s'adresse le refus. La peur est celle du sacrilège : de l'attentat aux valeurs. Peur entièrement justifiée. Il est bien vrai que la science attente aux valeurs. Non pas directement, puisqu'elle n'en est pas juge et *doit* les ignorer ; mais elle ruine toutes les ontogénies mythiques ou philosophiques sur lesquelles la tradition animiste, des aborigènes australiens aux dialecticiens matérialistes, faisait reposer les valeurs, la morale, les devoirs, les droits, les interdits.

S'il accepte ce message dans son entière signification, il faut bien que l'Homme enfin se réveille de son rêve millénaire pour découvrir sa totale solitude, son étrangeté radicale. Il sait maintenant que, comme un Tzigane, il est en marge de l'univers où il doit vivre. Univers sourd à sa musique, indifférent à ses espoirs comme à ses souffrances ou à ses crimes.

Mais alors qui définit le crime ? Qui dit le bien et le mal ? Tous les systèmes traditionnels mettaient l'éthique et les valeurs hors de la portée de l'Homme. Les valeurs ne lui appartenaient pas : elles s'imposaient et c'est lui qui leur appartenait. Il sait maintenant qu'elles sont à lui seul, et d'en être enfin le maître il lui semble qu'elles se dissolvent dans le vide indifférent de l'univers. C'est alors que l'homme moderne se retourne vers ou plutôt contre la science dont il mesure maintenant le terrible pouvoir de destruction, non seulement des corps, mais de l'âme elle-même.

***

Où est le recours ? Faut-il admettre une fois pour toutes que la vérité objective et la théorie des valeurs constituent à jamais des domaines étrangers, impénétrables l'un à l'autre ? C'est l'attitude que semblent prendre une grande partie des penseurs modernes, qu'ils soient écrivains, philosophes, ou même hommes de science. Je la crois non seulement inacceptable pour l'immense majorité des hommes, chez qui elle ne peut qu'entretenir et aviver l'angoisse, mais absolument erronée, et cela pour deux raisons essentielles :

**les valeurs et la connaissance**

— d'abord, bien entendu, parce que les valeurs et la connaissance sont toujours et nécessairement associées dans l'action comme dans le discours ;

— ensuite et surtout parce que *la définition même de la connaissance « vraie » repose en dernière analyse sur un postulat d'ordre éthique.*

Chacun de ces deux points demande un bref développement. L'éthique et la connaissance sont inévitablement liées dans l'action et par elle. L'action met en jeu, ou en question, *à la fois* la connaissance et les valeurs. Toute action signifie une éthique, sert ou dessert certaines valeurs ; ou constitue un choix de valeurs, ou y prétend. Mais d'autre part, une connaissance est nécessairement supposée dans toute action, tandis qu'en retour l'action est l'une des deux sources nécessaires de la connaissance.

Dans un système animiste l'interpénétration de l'éthique et de la connaissance ne crée pas de conflit, puisque l'animisme évite toute distinction radicale entre ces deux catégories : il les considère comme deux aspects d'une même réalité. L'idée d'une éthique sociale fondée sur des « droits » supposés « naturels » de l'homme exprime une telle attitude qui se révèle aussi, mais de façon beaucoup plus systématique et affirmée, dans les tentatives d'explicitation de la morale implicite du marxisme.

Du moment où l'on pose le postulat d'objectivité comme condition nécessaire de toute vérité dans la connaissance, une distinction radicale, indispensable à la recherche de la vérité elle-même, est établie entre le domaine de l'éthique et celui de la connaissance. La connaissance en elle-même est exclusive de tout jugement de valeur (autre que « de valeur épistémologique ») tandis que l'éthique, par essence *non objective*, est à jamais exclue du champ de la connaissance.

C'est en définitive cette distinction radicale, posée comme un axiome, qui a créé la science. Je suis tenté de noter ici que si cet événement unique dans l'histoire de la culture s'est produit dans l'Occident chrétien plutôt qu'au sein d'une autre civilisation c'est peut-être, pour une part, grâce au fait que l'Eglise reconnaissait une distinction fondamentale entre le domaine du sacré et celui du profane. Cette distinction ne permettait pas seulement à la science de chercher ses voies (à condition de ne pas empiéter sur le domaine du sacré), elle préparait l'esprit à la distinction bien plus radicale que posait le principe d'objectivité. Les Occidentaux peuvent avoir quelque peine à comprendre que pour certaines religions il n'existe pas, il ne peut exister, aucune distinction entre le sacré et le profane. Pour l'hindouisme tout est du domaine sacré ; la notion même de « profane » y est incompréhensible.

Ceci n'était qu'une parenthèse. Revenons au fait. Le postulat d'objectivité, en dénonçant l'« ancienne alliance », interdit du même coup toute confusion entre jugements de connaissance et jugements de valeur. Mais il reste que ces deux catégories sont inévitablement associées dans l'action, y compris le discours. Pour demeurer fidèles au principe, nous jugerons donc que tout discours (ou action) ne doit être considéré comme signifiant, comme *authentique* que si (ou dans la mesure où) il explicite et conserve la distinction des deux catégories qu'il associe. La notion d'authenticité devient, ainsi définie, le domaine commun où se recouvrent l'éthique et la connaissance ; où les valeurs et la vérité, associées mais non confondues, révèlent leur entière signification à l'homme attentif qui en éprouve la résonance. En revanche, le discours *inauthentique* où les deux catégories sont amalgamées et confondues ne peut conduire qu'aux non-sens les plus pernicieux, aux mensonges les plus criminels, fussent-ils inconscients.

On voit bien que c'est dans le discours « politique » (j'entends toujours « discours » dans le sens cartésien) que ce dangereux amalgame est pratiqué le plus constamment et systématiquement. Et cela pas seulement par les politiques de vocation. Les hommes de science eux-mêmes, hors leur domaine, se révèlent souvent dangereusement incapables de distinguer entre la catégorie des valeurs et celle de la connaissance.

Mais ceci était une autre parenthèse. Revenons aux sources de la connaissance. L'animisme, avons-nous dit, ne veut ni d'ailleurs ne peut établir une discrimination absolue entre propositions de connaissance et jugements de valeur ; car si une intention, si soigneusement déguisée qu'elle soit, est supposée présente dans l'Univers, quel sens aurait une telle distinction ? Dans un système objectif au contraire, toute confusion entre connaissance et valeurs est *interdite.* Mais (et ceci est le point essentiel, l'articulation logique qui associe, à la racine, connaissance et valeurs) cet interdit, ce « premier commandement » qui fonde la connaissance objective, n'est pas lui-même et ne saurait être objectif : c'est une règle morale, une *discipline.* La connaissance vraie ignore les valeurs, mais il faut pour la fonder un jugement, ou plutôt un *axiome* de valeur. Il est évident que de poser le postulat d'objectivité comme condition de la connaissance vraie *constitue un choix éthique et non un jugement de connaissance puisque, selon le postulat lui-même, il ne pouvait y avoir de connaissance « vraie » antérieure à ce choix arbitral.* Le postulat d'objectivité, pour établir la *norme* de la connaissance, définit une *valeur* qui est la connaissance objective elle-même. Accepter le postulat d'objectivité, c'est donc énoncer la proposition de base d'une éthique : *l'éthique de la connaissance.*

**l'éthique de la connaissance**

Dans l'éthique de la connaissance, *c'est le choix éthique d'une valeur primitive qui fonde la connaissance.* Par là elle diffère radicalement des éthiques animistes qui toutes se veulent fondées sur la « connaissance » de lois immanentes, religieuses ou « naturelles », qui s'imposeraient à l'homme. L'éthique de la connaissance ne s'impose pas à l'homme ; *c'est lui au contraire qui se l'impose* en en faisant *axiomatiquement* la condition d'authenticité de tout discours ou de toute action. Le *Discours de la Méthode* propose une épistémologie normative, mais il faut le lire aussi et avant tout comme méditation morale, comme ascèse de l'esprit.

Le discours authentique à son tour fonde la science, et remet aux mains des hommes les immenses pouvoirs qui, aujourd'hui, l'enrichissent et le menacent, le libèrent mais pourraient aussi l'asservir. Les sociétés modernes, tissées par la science, vivant de ses produits, en sont devenues dépendantes comme un intoxiqué de sa drogue. Elles doivent leur puissance matérielle à cette éthique fondatrice de la connaissance et leur faiblesse morale aux systèmes de valeurs, ruinés par la connaissance elle-même, auxquels elles tentent encore de se référer. Cette contradiction est mortelle. C'est elle qui creuse le gouffre que nous voyons s'ouvrir sous nos pas. L'éthique de la connaissance, créatrice du monde moderne, est la seule compatible avec lui, la seule capable, une fois comprise et acceptée, de guider son évolution.

*
* *

Comprise et acceptée, pourrait-elle l'être ? S'il est vrai, comme je le crois, que l'angoisse de solitude et l'exigence d'une explication totale, contraignante, sont innées ; que cet héritage venu du fond des âges n'est pas seulement culturel, mais sans doute génétique, peut-on penser que cette éthique austère, abstraite, orgueilleuse, puisse calmer l'angoisse, assouvir l'exigence ? Je ne sais. Mais peut-être après tout n'est-ce pas totalement impossible. Peut-être, plus encore que d'une « explication » que l'éthique de la connaissance ne saurait donner, l'homme a-t-il besoin de dépassement et de transcendance ? La puissance du grand rêve socialiste, toujours vivant dans les âmes, semble bien en témoigner. Aucun système de valeurs ne peut prétendre constituer une véritable éthique à moins de proposer un idéal qui transcende l'individu au point de justifier, au besoin, qu'il s'y sacrifie.

Par la hauteur même de son ambition, l'éthique de la connaissance pourrait peut-être satisfaire cette exigence de dépassement. Elle définit une valeur transcendante, la connaissance vraie, et propose à l'homme non pas de s'en servir, mais désormais de la servir par un choix délibéré et conscient. Cependant elle est aussi un humanisme, car elle respecte dans l'homme le créateur et le dépositaire de cette transcendance.

L'éthique de la connaissance est également, en un sens, « connaissance de l'éthique », des pulsions, des passions, des exigences et des limites de l'être biologique. Dans l'homme elle sait voir l'animal, non pas absurde mais étrange, précieux par son étrangeté même, l'être qui, appartenant simultanément à deux règnes : la biosphère et le royaume des idées, est à la fois torturé et enrichi par ce dualisme déchirant qui s'exprime dans l'art et la poésie comme dans l'amour humain.

Les systèmes animistes, au contraire, ont tous peu ou prou voulu ignorer, avilir ou contraindre l'homme biologique, lui faire prendre en horreur, ou en terreur, certains traits inhérents à sa condition animale. L'éthique de la connaissance, en revanche, encourage l'homme à respecter et assumer cet héritage, tout en sachant, quand il le faut, le dominer. Quant aux plus hautes qualités humaines, le courage, l'altruisme, la générosité, l'ambition créatrice, l'éthique de la connaissance, tout en reconnaissant leur origine socio-biologique, affirme aussi leur valeur transcendante au service de l'idéal qu'elle définit.

***

**l'éthique de la connaissance et l'idéal socialiste**

L'éthique de la connaissance enfin est à mes yeux la seule attitude à la fois rationnelle et délibérément idéaliste sur quoi pourrait être édifié un véritable socialisme. Ce grand rêve du XIX<sup>e</sup> siècle vit toujours, dans les âmes jeunes, avec une intensité douloureuse. Douloureuse à cause des trahisons dont cet idéal a souffert et des crimes commis en son nom. Il est tragique, mais peut-être était-il inévitable, que cette profonde aspiration n'ait trouvé sa doctrine philosophique que sous forme d'une idéologie animiste. Il est facile de voir que le prophétisme historiciste fondé sur le matérialisme dialectique était, dès sa naissance, lourd de toutes les menaces qui se sont, en effet, réalisées. Plus encore peut-être que les autres animismes, le matérialisme historique repose sur une confusion totale des catégories de valeur et de connaissance. C'est cette confusion même qui lui permet, dans un discours profondément inauthentique, de proclamer qu'il a établi « scientifiquement » les lois de l'histoire auxquelles l'homme n'aurait d'autre recours ni d'autre devoir que d'obéir, s'il ne veut entrer dans le néant.

Une fois pour toutes, il faut renoncer à cette illusion qui n'est que puérile lorsqu'elle n'est pas mortelle. Comment un socialisme authentique pourrait-il jamais être construit sur une idéologie inauthentique par essence, dérision de la science sur quoi elle prétend, sincèrement dans l'esprit de ses adeptes, s'appuyer ? Le seul espoir du socialisme n'est pas dans une « révision » de l'idéologie qui le domine depuis plus d'un siècle, mais dans l'abandon total de cette idéologie.

Où donc alors retrouver la source de vérité et l'inspiration morale d'un humanisme socialiste réellement *scientifique* sinon aux sources de la science elle-même, dans l'éthique qui fonde la connaissance en faisant d'elle, par libre choix, la valeur suprême, mesure et garant de toutes les autres valeurs ? Ethique qui fonde la responsabilité morale sur la liberté même de ce choix axiomatique. Acceptée comme base des institutions sociales et politiques, donc comme mesure de leur authenticité, de leur valeur, seule l'éthique de la connaissance pourrait conduire au socialisme. Elle impose des institutions vouées à la défense, à l'extension, à l'enrichissement du Royaume transcendant des idées, de la connaissance, de la création. Royaume qui habite l'homme et où, de plus en plus libéré des contraintes matérielles comme des servitudes mensongères de l'animisme, il pourrait enfin vivre authentiquement, défendu par des institutions qui, voyant en lui à la fois le sujet et le créateur du Royaume, devraient le servir dans son essence la plus unique et la plus précieuse.

C'est peut-être une utopie. Mais ce n'est pas un rêve incohérent. C'est une idée qui s'impose par la seule force de sa cohérence logique. C'est la conclusion à quoi mène nécessairement la recherche de l'authenticité. L'ancienne alliance est rompue ; l'homme sait enfin qu'il est seul dans l'immensité indifférente de l'Univers d'où il a émergé par hasard. Non plus que son destin, son devoir n'est écrit nulle part. A lui de choisir entre le Royaume et les ténèbres.

# Appendices

## 1. Structure des protéines

Les protéines sont des macromolécules constituées par la polymérisation linéaire de corps appelés « amino-acides ». La structure générale de la chaîne « polypeptidique » qui résulte de cette polymérisation est la suivante :

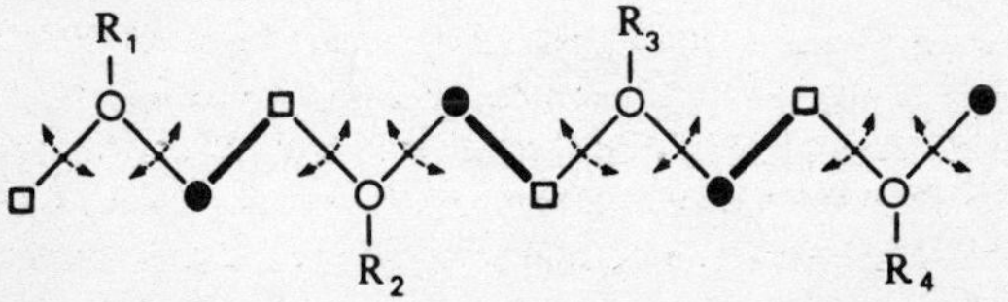


Dans cette représentation les cercles blancs et noirs et les carrés blancs correspondent à divers groupements d'atomes (○ = CH ; ● = CO ; □ = NH), tandis que les lettres R1, R2, etc. représentent différents radicaux organiques. Les 2C radicaux d'amino-acides qui sont constituants universels des protéines sont représentés dans le tableau I.

On voit que la chaîne comprend trois types de liaison entre atomes, ou groupes d'atomes, à savoir :

1° entre cercle blanc et cercle noir (CH — CO) ;
2° entre cercle blanc et carré blanc (CH — NH) ;
3° entre cercle noir et carré blanc (CO — NH).

## *1. Hydrophobes*

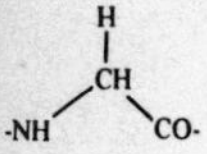

Glycyl
*(Gly)*

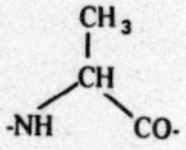

Alanyl
*(Ala)*

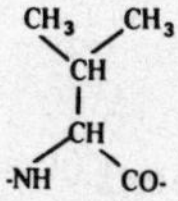

Valyl
*(Val)*

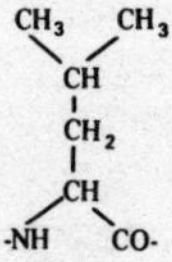

Leucyl
*(Leu)*

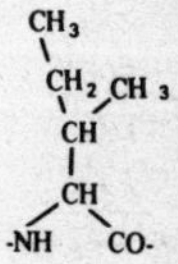

Isoleucyl
*(Ileu)*

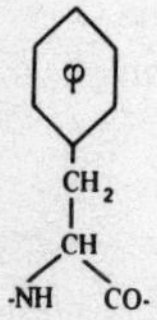

Phénylalanyl
*(Phe)*

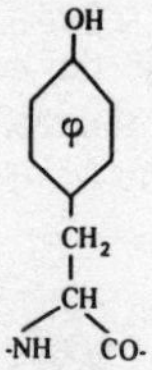

Tyrosyl
*(Tyr)*

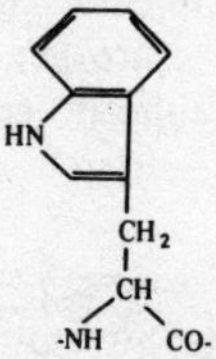

Tryptophanyl
*(Try)*

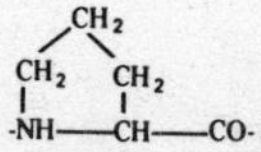

Prolyl
*(Pro)*

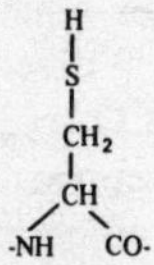

Cystéinyl
*(Cys)*

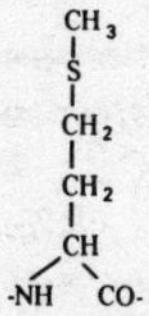

Méthionyl
*(Met)*

# RADICAUX AMINO-ACIDES

## *2. Hydrophiles*

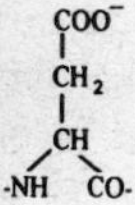

Aspartyl
*(Asp)*

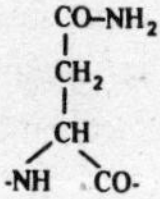

Asparagyl
*(AspN)*

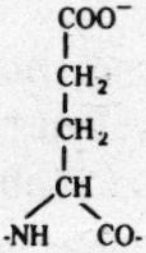

Glutamyl
*(Glu)*

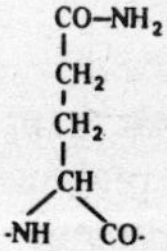

Glutaminyl
*(GluN)*

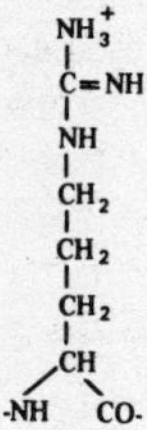

Arginyl
*(Arg)*

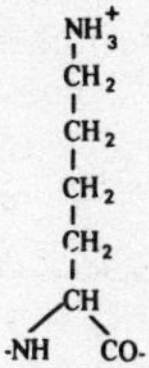

Lysyl
*(Lys)*

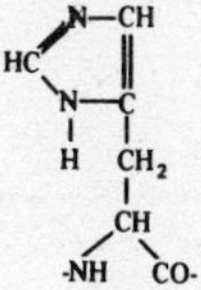

Histidyl
*(His)*

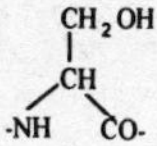

Séryl
*(Ser)*

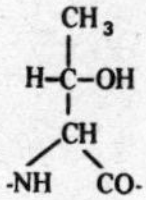

Thréonyl
*(Thr)*

Cette dernière liaison (dite « peptidique ») est rigide (traits épais dans la figure p. 229) : elle immobilise l'un par rapport à l'autre les atomes qu'elle associe. Au contraire les deux autres liaisons permettent une libre rotation (flèches pointillées) des atomes l'un par rapport à l'autre. Cela permet à la fibre polypeptidique de se replier sur elle-même de façon extrêmement complexe et variée. Seul l'encombrement des atomes (notamment ceux qui constituent les radicaux R1, R2, etc.) limite en principe ces possibilités de repli.

Cependant (voir p. 121) dans les protéines globulaires natives, toutes les molécules d'une même espèce chimique (définie par la *séquence* des radicaux dans

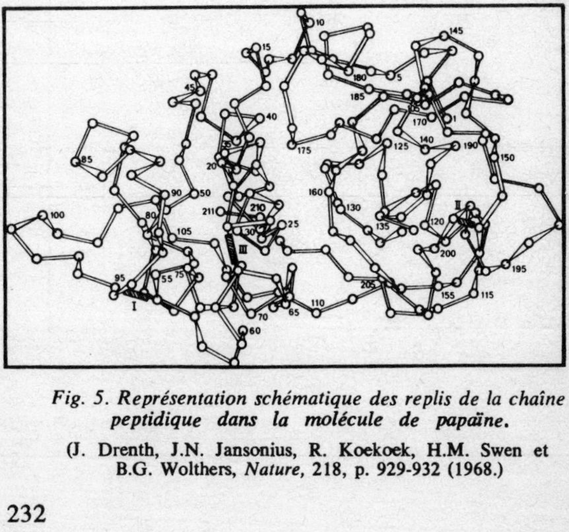


*Fig. 5. Représentation schématique des replis de la chaîne peptidique dans la molécule de papaïne.*

(J. Drenth, J.N. Jansonius, R. Koekoek, H.M. Swen et B.G. Wolthers, *Nature*, 218, p. 929-932 (1968.)

la chaîne) adoptent la même configuration repliée. La figure 5 donne schématiquement le parcours de la chaîne polypeptidique dans un enzyme, la papaïne. On voit combien ce parcours est complexe et, en apparence, incohérent.

## 2. Acides nucléiques

Les acides nucléiques sont des macromolécules résultant de la polymérisation linéaire de corps appelés « nucléotides ». Ceux-ci sont constitués par l'association d'un sucre avec une base azotée d'une part, un radical phosphoryle de l'autre. La polymérisation a lieu par l'intermédiaire des groupements phosphoryles qui associent chaque résidu de sucre au précédent et au suivant, formant ainsi une chaîne « polynucléotidique ».

Dans l'ADN (acide désoxyribonucléique) on trouve quatre nucléotides qui diffèrent par la structure de la base azotée constituante. Ces quatre bases, appelées Adénine, Guanine, Cytosine et Thymine, sont notées en général A, G, C et T. Ce sont les lettres de l'alphabet génétique. Pour des raisons stériques l'Adénine (A) dans l'ADN tend à former spontanément une association non-covalente (voir p. 76) avec la Thymine (T) tandis que la Guanine (G) s'associe avec la Cytosine (C).

L'ADN est constitué par *deux* fibres polynucléotidiques associées par l'intermédiaire de ces liaisons non-covalentes spécifiques. Dans la double fibre, A d'une fibre est associée à T de l'autre, G à C ; T à A et C à G. Les deux fibres sont donc *complémentaires*.

Cette structure est schématiquement représentée par la figure ci-dessous, où les pentagones symbolisent les radicaux de sucre, les cercles noirs les atomes de Phosphore qui assurent la continuité de

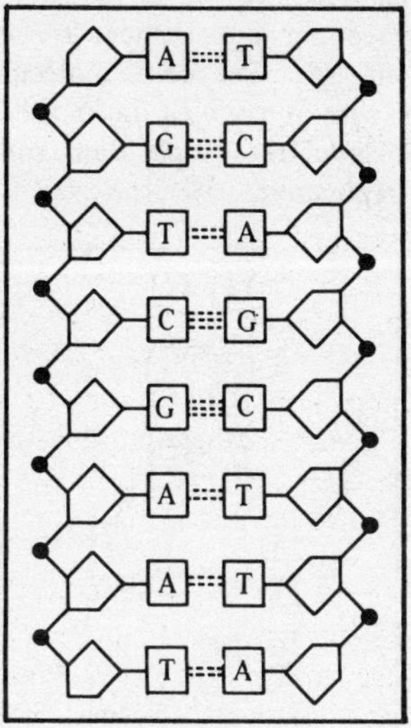


*Figure 6*

chacune des deux chaînes, tandis que les carrés notés A, T, G, C représentent les bases appariées par paires (A-T ; G-C ; T-A ; C-G) grâce à des interactions non-covalentes, figurées en pontillé. La structure peut s'accommoder de toutes les séquences possibles de paires. Elle n'est pas limitée en longueur.

La *réplication* de cette molécule procède par séparation des deux fibres, suivie par la reconstitution nucléotide par nucléotide des deux complémentaires, ce que l'on peut figurer, en notation simplifiée et en nous bornant à quatre paires, de la façon indiquée dans la figure ci-après.

Les deux molécules ainsi synthétisées contiennent

chacune l'une des fibres de la molécule mère et une fibre néoformée par appariement spécifique, nucléotide par nucléotide. Ces deux molécules sont identiques entre elles ainsi qu'à la molécule mère. Tel est le mécanisme, très simple dans son principe, de l'invariance réplicative.

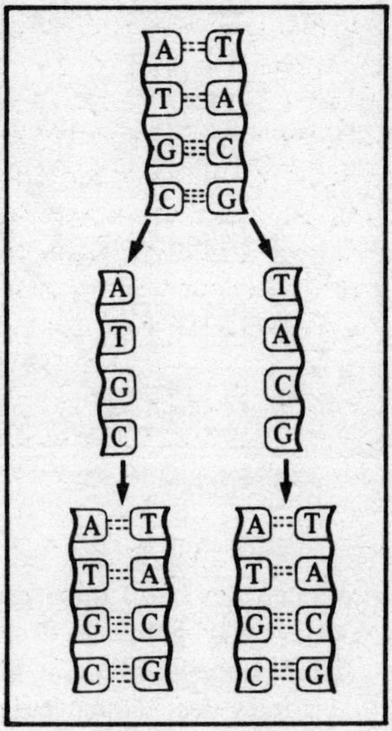


*Figure 7*

Les mutations résultent des divers types d'accidents qui peuvent affecter ce mécanisme microscopique. On comprend assez bien aujourd'hui le mécanisme chimique de certains d'entre eux. Par exemple la substitution d'une paire de nucléotides à une autre est due au fait que les bases azotées peuvent, outre leur état

« normal », adopter exceptionnellement et transitoirement une forme tautomérique dans laquelle la capacité d'appariement spécifique de la base est en quelque sorte « inversée » (par exemple la base C, dans la forme « exceptionnelle », s'apparie à A et non à G). On connaît des agents chimiques qui accroissent considérablement la probabilité, c'est-à-dire la fréquence, de ces appariements « illicites ». Ces agents sont de puissants « mutagènes ».

D'autres agents chimiques, capables de s'insérer *entre* les nucléotides dans la fibre d'ADN, la déforment et favorisent ainsi des accidents tels que délétion ou addition d'un ou plusieurs nucléotides.

Enfin les radiations ionisantes (rayons X et rayons cosmiques) provoquent notamment divers types de délétions ou de « mastics ».

## 3. Le code génétique

La structure et les propriétés d'une protéine sont définies par la séquence (l'ordre linéaire) des radicaux amino-acides dans le polypeptide (cf. p. 123). Cette séquence est déterminée par celle des nucléotides dans un segment de fibre de l'ADN. Le code génétique (*sensu-stricto*) est la règle qui associe, à une séquence polynucléotidique donnée, une séquence polypeptidique.

Comme il y a 20 résidus amino-acides à spécifier et seulement 4 « lettres » (4 nucléotides) dans l'alphabet de l'ADN, il faut plusieurs nucléotides pour spécifier un amino-acide. Le code, en fait est à « triplets » : chaque amino-acide est spécifié par une séquence de *trois nucléotides*. Les correspondantes sont données dans le tableau p. 239.

Il faut d'abord noter que la machinerie de la traduction n'utilise pas directement les séquences nucléotidiques de l'ADN, mais la « transcription » de *l'une* des deux fibres en un polynucléotide à un brin, dit « acide ribonucléique messager » (ARN messager). Les polynucléotides à ARN diffèrent des ADN par quelques détails de structure, notamment par la substitution de la base *uracile* (U) à la base Thymine (T). Comme c'est l'ARN messager qui sert de matrice pour l'assemblage séquentiel des amino-acides destinés à former le polypeptide, le code est figuré dans ce tableau dans son écriture en alphabet d'ARN et non d'ADN.

TABLEAU II : LE CODE GÉNÉTIQUE

| I ↓ II → | U | C | A | G | ↓ III |
|---|---|---|---|---|---|
| U | Phe<br>Phe<br>Leu<br>Leu | Ser<br>Ser<br>Ser<br>Ser | Tyr<br>Tyr<br>"N.sens"<br>"N.sens" | Cys<br>Cys<br>"N.sens"<br>Try | U<br>C<br>A<br>G |
| C | Leu<br>Leu<br>Leu<br>Leu | Pro<br>Pro<br>Pro<br>Pro | His<br>His<br>GluN<br>GluN | Arg<br>Arg<br>Arg<br>Arg | U<br>C<br>A<br>G |
| A | Ileu<br>Ileu<br>Ileu<br>Met | Thr<br>Thr<br>Thr<br>Thr | AspN<br>AspN<br>Lys<br>Lys | Ser<br>Ser<br>Arg<br>Arg | U<br>C<br>A<br>G |
| G | Val<br>Val<br>Val<br>Val | Ala<br>Ala<br>Ala<br>Ala | Asp<br>Asp<br>Glu<br>Glu | Gly<br>Gly<br>Gly<br>Gly | U<br>C<br>A<br>G |

Dans ce tableau, la 1<sup>re</sup> lettre de chaque triplet est lue dans la colonne verticale de gauche, la 2<sup>e</sup> dans la rangée horizontale, la 3<sup>e</sup> dans la colonne verticale de droite. Les noms des radicaux amino-acides correspondants sont donnés en abrégé (cf. Tableau des radicaux, pp. 230 et 231).

On voit que pour la plupart des amino-acides il existe plusieurs notations différentes, sous forme de « triplets » de nucléotides. Dans un alphabet à quatre lettres on peut en effet former $4^3 = 64$ « mots » de trois lettres. Or il n'y a à spécifier que 20 résidus.

En revanche trois triplets (UAA, UAG, UGA) sont dits non-sens, parce qu'ils ne désignent aucun amino-acide. Ils jouent cependant un rôle important comme signes de ponctuation dans la lecture de la séquence nucléotidique.

Le mécanisme de la traduction proprement dite est complexe ; de nombreux constituants macromoléculaires y interviennent. La connaissance de ce mécanisme n'est pas indispensable à l'intelligence du texte. Il suffit de mentionner les intermédiaires qui détiennent en somme la clé de la traduction. Ceux-ci sont des ARN dits de « transfert ». Ces molécules comportent en effet :

1° un groupement « accepteur » d'amino-acides ; des enzymes spéciaux reconnaissent d'une part un amino-acide, de l'autre un ARN de transfert particulier et catalysent l'association (covalente) de l'amino-acide avec la molécule d'ARN ;

2° une séquence *complémentaire* de chacun des triplets du code, ce qui permet à chaque ARN de transfert de s'apparier au triplet correspondant de l'ARN messager.

Cet appariement a lieu en association avec un constituant complexe (le ribosome) qui joue en somme le rôle d' « établi » pour l'assemblage des divers constituants du mécanisme. L'ARN messager est lu séquentiellement, un mécanisme, encore mal compris, permettant au ribosome de progresser, triplet par tri-

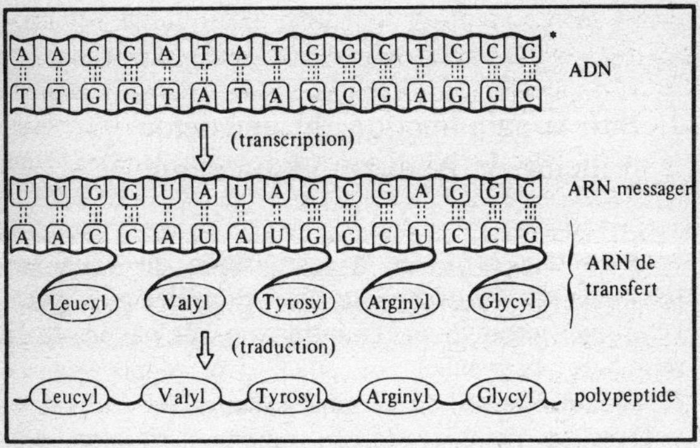


plet, le long de la chaîne polynucléotidique. Chaque triplet à son tour s'apparie à la surface du ribosome avec l'ARN messager correspondant, porteur de l'amino-acide spécifié par ce triplet. Un enzyme catalyse à chaque étape la formation d'une liaison peptidique entre l'amino-acide porté par l'ARN et l'amino-acide précédent, à l'extrémité de la chaîne polypeptidique déjà formée, qui s'allonge ainsi d'une unité. Après quoi le ribosome progresse d'un triplet, et le processus recommence.

La figure ci-dessus donne un schéma de principe du mécanisme de transfert de l'information correspondant à une séquence (arbitrairement choisie) dans l'ADN.

L'ARN messager, dans cette figure, est supposé transcrit à partir de la fibre d'ADN marquée d'un astérisque. Dans la réalité les ARN de transfert s'apparient l'un après l'autre au messager. Pour la clarté, on les a figurés ici appariés simultanément.

## 4. Sur la signification du deuxième principe de la thermodynamique

On a tant écrit sur la signification du deuxième principe, sur l'entropie, sur l' « équivalence » entre l'entropie négative et l'information, qu'on hésite à reprendre brièvement ce sujet. Un rappel pourra cependant être utile à certains lecteurs.

Dans sa première forme, purement thermodynamique (énoncée par Clausius en 1850, comme généralisation du Théorème de Carnot) le deuxième principe prévoit que, *dans une enceinte énergétiquement isolée,* toutes les différences de température doivent tendre à s'annuler *spontanément*. Ou encore, et cela revient au même, le principe stipule qu'au sein d'une telle enceinte, où la température serait *uniforme,* il est impossible qu'apparaissent des différences de potentiel thermique entre différentes régions du système. D'où la nécessité de dépenser de l'énergie pour refroidir un frigidaire, par exemple.

Or dans une enceinte à température uniforme, où ne subsiste plus aucune différence de potentiel, aucun phénomène (macroscopique) ne peut avoir lieu. Le système est *inerte*. C'est dans ce sens que l'on dit que le deuxième principe prévoit la *dégradation* inéluctable de l'énergie au sein d'un système isolé, tel que l'Univers. L' « entropie » est la quantité thermodynamique qui *mesure* le niveau de dégradation de l'énergie d'un système. Selon le deuxième principe par conséquent, tout phénomène, quel qu'il soit, s'accompagne nécessairement d'un accroissement d'entropie au sein du système où il se déroule.

C'est le développement de la théorie cinétique de la matière (ou mécanique statistique) qui devait révéler la signification la plus profonde et la plus générale du second principe. La « dégradation de l'énergie », ou l'accroissement d'entropie, est une conséquence statistiquement prévisible des mouvements et collisions au hasard des molécules. Soit, par exemple, deux enceintes à températures différentes, mises en communication l'une avec l'autre. Les molécules « chaudes » (c'est-à-dire rapides) et les molécules « froides » (c'est-à-dire lentes) vont passer, au hasard de leur course, d'une enceinte dans l'autre, ce qui annulera inévitablement la différence de température entre les deux enceintes. On voit, par cet exemple, que l'accroissement d'entropie dans un tel système est lié à un accroissement de *désordre* : les molécules lentes et rapides, d'abord séparées, sont maintenant mélangées et l'énergie totale du système se répartira statistiquement entre toutes, par suite de leurs collisions ; en outre les deux enceintes, au départ discernables (par leur température) deviennent équivalentes. Avant le mélange, du travail pouvait être accompli par le système, puisqu'il comportait une différence de potentiel entre les deux enceintes. Une fois atteint l'équilibre statistique, plus aucun phénomène ne peut se produire au sein du système.

Si l'accroissement d'entropie mesure l'accroissement du *désordre* dans un système, un accroissement d'ordre correspond à une diminution d'entropie ou, comme on préfère parfois le dire, à un enrichissement en entropie négative (ou « néguentropie »). Cependant le degré d'ordre d'un système est définissable dans un autre langage : celui de l'information. L'ordre d'un système, dans ce langage, est égal à la quantité d'information nécessaire à la *description* de ce système. D'où l'idée, due à Szilard et Léon Brillouin, d'une certaine équivalence entre « information » et « néguentropie » (voir p. 82). Idée extrêmement féconde, mais qui peut donner lieu à des généralisations ou assimilations imprudentes. Il reste cependant légitime de considérer que l'un des énoncés fondamentaux de la théorie de l'information, à savoir que la transmission d'un message s'accompagne nécessairement d'une certaine dissipation de l'information qu'il contient, est l'équivalent, en informatique, du deuxième principe en thermodynamique.

# Table

IMPRIMERIE BRODARD ET TAUPIN À LA FLÈCHE (2-89)
DÉPÔT LÉGAL 4e TR. 1973. N° 3267-10 (6450A-5)

# Collection Points

## SÉRIE SCIENCES

*dirigée par Jean-Marc Lévy-Leblond*

S1. La Recherche en biologie moléculaire, *ouvrage collectif*
S2. Des astres, de la vie et des hommes, *par Robert Jastrow*
S3. (Auto)critique de la science
*par Alain Jaubert et Jean-Marc Lévy-Leblond*
S4. Le Dossier électronucléaire
*par le syndicat CFDT de l'Énergie atomique*
S5. Une révolution dans les sciences de la Terre, *par Anthony Hallam*
S6. Jeux avec l'infini, *par Rózsa Péter*
S7. La Recherche en astrophysique, *ouvrage collectif*
S9. La Science chinoise et l'Occident, *par Joseph Needham*
S10. Les Origines de la vie, *par Joël de Rosnay*
S11. Échec et Maths, *par Stella Baruk*
S12. L'Oreille et le Langage, *par Alexandre Tomatis*
S13. Les Énergies du soleil, *par Pierre Audibert*
*en collaboration avec Danielle Rouard*
S14. Cosmic Connection ou l'Appel des étoiles, *par Carl Sagan*
S15. Les Ingénieurs de la Renaissance, *par Bertrand Gille*
S16. La Vie de la cellule à l'homme, *par Max de Ceccatty*
S17. La Recherche en éthologie, *ouvrage collectif*
S18. Le Darwinisme aujourd'hui, *ouvrage collectif*
S19. Albert Einstein, créateur et rebelle, *par Banesh Hoffmann*
S20. Les Trois Premières Minutes de l'univers, *par Steven Weinberg*
S21. Les Nombres et leurs mystères, *par André Warusfel*
S22. La Recherche sur les énergies nouvelles, *ouvrage collectif*
S23. La Nature de la physique, *par Richard Feynman*
S24. La Matière aujourd'hui, *ouvrage collectif*
S25. La Recherche sur les grandes maladies, *ouvrage collectif*
S26. L'Étrange Histoire des Quanta, *par Banesh Hoffmann, Michel Paty*
S27. Éloge de la différence, *par Albert Jacquard*
S28. La Lumière, *par Bernard Maitte*
S29. Penser les mathématiques, *ouvrage collectif*
S30. La Recherche sur le cancer, *ouvrage collectif*
S31. L'Énergie verte, *par Laurent Piermont*
S32. Naissance de l'Homme, *par Robert Clarke*
S33. Recherche et Technologie, *Actes du Colloque national*
S34. La Recherche en physique nucléaire, *ouvrage collectif*
S35. Marie Curie, *par Robert Reid*

S36. L'Espace et le Temps aujourd'hui, *ouvrage collectif*
S37. La Recherche en histoire des sciences, *ouvrage collectif*
S38. Petite Logique des forces, *par Paul Sandori*
S39. L'Esprit de sel, *par Jean-Marc Lévy-Leblond*
S40. Le Dossier de l'énergie
*par le Groupe confédéral énergie de la CFDT*
S41. Comprendre notre cerveau, *par Jacques-Michel Robert*
S42. La Radioactivité artificielle
*par Monique Bordry et Pierre Radvanyi*
S43. Darwin et les Grandes Énigmes de la vie, *par Stephen Jay Gould*
S44. Au péril de la science?, *par Albert Jacquard*
S45. La Recherche sur la génétique et l'hérédité, *ouvrage collectif*
S46. Le Monde quantique, *ouvrage collectif*
S47. Une histoire de la physique et de la chimie, *par Jean Rosmorduc*
S48. Le Fil du temps, *par André Leroi-Gourhan*
S49. Une histoire des mathématiques,
*par Amy Dahan-Dalmedico et Jeanne Peiffer*
S50. Les Structures du hasard, *par Jean-Louis Boursin*
S51. Entre le cristal et la fumée, *par Henri Atlan*
S52. La Recherche en intelligence artificielle, *ouvrage collectif*
S53. Le Calcul, l'Imprévu, *par Ivar Ekeland*
S54. Le Sexe et l'Innovation, *par André Langaney*
S55. Patience dans l'azur, *par Hubert Reeves*
S56. Contre la méthode, *par Paul Feyerabend*
S57. La Recherche en neurobiologie, *ouvrage collectif*
S58. La Recherche en paléontologie, *ouvrage collectif*
S59. La Symétrie aujourd'hui, *ouvrage collectif*

## Collection « Science ouverte »

*dirigée par Jean-Marc Lévy-Leblond*

L'Encerclement, *par Barry Commoner*
(Auto)critique de la science
*par Alain Jaubert et Jean-Marc Lévy-Leblond*
Les Biocrates, *par Gérard Leach*
La Marijuana, *par Solomon H. Snyder*
Échec et Maths, *par Stella Baruk*
La Dimension humaine, *par Alexander Alland*
La Chair des dieux, *par Peter T. Furst*
Le Partage du savoir, *par Philippe Roqueplo*
Philosophie de la physique, *par Mario Bunge*
Science, Technique et Capital, *par Benjamin Coriat*
La Science et le Militaire, *par Georges Menahem*
Machina sapiens, *par William Skyvington*
Discours biologique et Ordre social, *par Pierre Achard*
*Antoinette Chauvenet, Élisabeth Lage, Françoise Lentin*
*Patricia Nève et Georges Vignaux*
L'Idéologie de/dans la science, *par H. Rose, S. Rose et al.*
La Lutte pour l'espace, *par Alain Dupas*
Fabrice ou l'école des mathématiques, *par Stella Baruk*
Les Formes dans la nature, *par Peter S. Stevens*
Les Trois Premières Minutes de l'univers, *par Steven Weinberg*
Éloge de la différence, *par Albert Jacquard*
Les Médecines de l'Asie, *par Pierre Huard, Jean Bossy, Guy Mazars*
Ces singes qui parlent, *par Eugene Linden*
L'Araignée et le Tisserand, *par G. Ciccotti, M. Cini*
*M. De Maria, G. Jona-Lasinio*
Lamarck ou le mythe du précurseur, *par Madeleine Barthélemy-Madaule*
Le Sexe et l'Innovation, *par André Langaney*
Contre la méthode, *par Paul Feyerabend*
Les Mécaniciens grecs, *par Bertrand Gille*
Les Manipulations génétiques, *par Agata Mendel*
Les Dragons de l'Eden, *par Carl Sagan*
Naissance de l'Homme, *par Robert Clarke*
La Terre en colère, *par Basil Booth et Franck Fitch*
Le Petit Savant illustré, *par Pierre Thuillier*
Dormir, rêver, *par William C. Dement*
Les Confessions d'un chimiste ordinaire, *par Jean Jacques*
Patience dans l'azur, *par Hubert Reeves*
La Civilisation du risque, *par Patrick Lagadec*

Au péril de la science?, *par Albert Jacquard*
Comprendre notre cerveau, *par Jacques-Michel Robert*
Les Manèges de la vie, *par Paul Colinvaux*
L'Intelligence gaspillée, *par Michel Schiff*
Penser la technique, *par Philippe Roqueplo*
Le Calcul, l'Imprévu, *par Ivar Ekeland*
La Société digitale, *par Pierre-Alain Mercier François Plassard et Victor Scardigli*
Poussières d'étoiles, *par Hubert Reeves*
Le Paranormal, *par Henri Broch*
L'Univers ambidextre, *par Martin Gardner*
La Quatrième Dimension, *par Rudy Rucker*
Les Enfants d'Uranie, *par Evry Schatzman*
Vivent les bébés !, *par Dominique Simonnet*
A tort et à raison, *par Henri Atlan*
L'Héritage de la liberté, *par Albert Jacquard*
L'Heure de s'enivrer, *par Hubert Reeves*
Le Destin des étoiles, *par George Greenstein*
La Matière première, *par Michel Crozon*
Figures de l'infini, *par Tony Lévy*
La Souris truquée, *par William Broad et Nicholas Wade*
Les Machines à penser, *par Jacques Arsac*
Le Sourire du flamant rose, *par Stephen Jay Gould*
État d'urgence, *par Patrick Lagadec*
L'Aventure du vivant, *par Joël de Rosnay*
Le Passé recomposé, *par Jean-Pierre Adam*
Histoire mondiale des sciences, *par Colin Ronan*
Connaître, *par Francisco J. Varela*

# Collection Points

DERNIERS TITRES PARUS

134. Le Je-ne-sais-quoi et le Presque-rien
2. La méconnaissance, *par Vladimir Jankélévitch*
135. Le Plaisir du texte, *par Roland Barthes*
136. La Nouvelle Communication, *ouvrage collectif*
137. Le Vif du sujet, *par Edgar Morin*
138. Théories du langage, théories de l'apprentissage
*par le Centre Royaumont*
139. Baudelaire, la Femme et Dieu, *par Pierre Emmanuel*
140. Autisme et Psychose de l'enfant, *par Frances Tustin*
141. Le Harem et les Cousins, *par Germaine Tillion*
142. Littérature et Réalité, *ouvrage collectif*
143. La Rumeur d'Orléans, *par Edgar Morin*
144. Partage des femmes, *par Eugénie Lemoine-Luccioni*
145. L'Évangile au risque de la psychanalyse (tome 2)
*par Françoise Dolto*
146. Rhétorique générale, *par le Groupe μ*
147. Système de la Mode, *par Roland Barthes*
148. Démasquer le réel, *par Serge Leclaire*
149. Le Juif imaginaire, *par Alain Finkielkraut*
150. Travail de Flaubert, *ouvrage collectif*
151. Journal de Californie, *par Edgar Morin*
152. Pouvoirs de l'horreur, *par Julia Kristeva*
153. Introduction à la philosophie de l'histoire de Hegel
*par Jean Hyppolite*
154. La Foi au risque de la psychanalyse
*par Françoise Dolto et Gérard Sévérin*
155. Un lieu pour vivre, *par Maud Mannoni*
156. Scandale de la vérité, *suivi de*
Nous autres, Français, *par Georges Bernanos*
157. Enquête sur les idées contemporaines
*par Jean-Marie Domenach*
158. L'Affaire Jésus, *par Henri Guillemin*
159. Paroles d'étranger, *par Elie Wiesel*
160. Le Langage silencieux, *par Edward T. Hall*
161. La Rive gauche, *par Herbert R. Lottman*
162. La Réalité de la réalité, *par Paul Watzlawick*
163. Les Chemins de la vie, *par Joël de Rosnay*
164. Dandies, *par Roger Kempf*
165. Histoire personnelle de la France, *par François George*

166. La Puissance et la Fragilité, *par Jean Hamburger*
167. Le Traité du sablier, *par Ernst Jünger*
168. Pensée de Rousseau, *ouvrage collectif*
169. La Violence du calme, *par Viviane Forrester*
170. Pour sortir du XX$^{e}$ siècle, *par Edgar Morin*
171. La Communication, Hermès 1,
*par Michel Serres*
172. Sexualités occidentales, Communications 35
*ouvrage collectif*
173. Lettre aux Anglais, *par Georges Bernanos*
174. La Révolution du langage poétique
*par Julia Kristeva*
175. La Méthode
2. La Vie de la Vie, *par Edgar Morin*
176. Théories du symbole, *par Tzvetan Todorov*
177. Mémoires d'un névropathe
*par Daniel Paul Schreber*
178. Les Indes, *par Édouard Glissant*
179. Clefs pour l'Imaginaire ou l'Autre Scène
*par Octave Mannoni*
180. La Sociologie des organisations
*par Philippe Bernoux*
181. Théorie des genres, *ouvrage collectif*
182. Le Je-ne-sais-quoi et le Presque-rien
3. La volonté de vouloir, *par Vladimir Jankélévitch*
183. Traité du rebelle, *par Ernst Jünger*
184. Un homme en trop, *par Claude Lefort*
185. Théâtres, *par Bernard Dort*
186. Le Langage du changement, *par Paul Watzlawick*
187. Lettre ouverte à Freud, *par Lou-Andreas Salomé*
188. La Notion de littérature, *par Tzvetan Todorov*
189. Choix de poèmes, *par Jean-Claude Renard*
190. Le Langage et son double, *par Julien Green*
191. Au-delà de la culture, *par Edward T. Hall*
192. Au jeu du désir, *par Françoise Dolto*
193. Le Cerveau planétaire, *par Joël de Rosnay*
194. Suite anglaise, *par Julien Green*
195. Michelet, *par Roland Barthes*
196. Hugo, *par Henri Guillemin*
197. Zola, *par Marc Bernard*
198. Apollinaire, *par Pascal Pia*
199. Paris, *par Julien Green*
200. Voltaire, *par René Pomeau*
201. Montesquieu, *par Jean Starobinski*